INDISPENSÁVEIS

NOME: Ernest Miller Hemingway

NASCIMENTO: 21/7/1899 (Illinois, EUA)

MORTE: 2/7/1961 (Idaho, EUA)

GÊNEROS LITERÁRIOS: romance, conto, crônica

PRINCIPAIS OBRAS: "O velho e o mar", "Por quem os sinos dobram", "Paris é uma festa", "O sol também se levanta", "Adeus às armas", "A quinta-coluna", "O verão perigoso", "Verdade ao amanhecer", "As ilhas da corrente", "Ter e não ter", "Do outro lado do rio entre as árvores", "O jardim do Éden", "Morte ao entardecer"

PRÊMIOS: Pulitzer de Ficção em 1953 e Nobel de Literatura em 1954.

CURIOSIDADES: Além do reconhecimento que obteve através de sua literatura, Hemingway também tornou-se um ícone cultural por sua personalidade excêntrica e sua vida nada comum. O autor participou das duas grandes guerras mundiais – na Primeira, alistou-se como voluntário tornando-se motorista de ambulância para o Exército da Itália; na Segunda, colaborou como repórter –, sobreviveu a dois acidentes de avião, foi a inspiração da canção "For Whom the Bell Tolls", do Metallica, e sentiu na pele a aventura, o heroísmo, a tristeza e a solidão.

O VELHO E O MAR

Editora-executiva
Renata Pettengill

Subgerente editorial
Luiza Miranda

Auxiliares editoriais
Beatriz Araujo
Georgia Kallenbach

Projeto de capa e miolo
Renata Vidal

Imagem de capa
Adaptação de *Le Regne Animal* (1836), de Georges Cuvier. Disponível em Rawpixel.

Imagens de miolo
Vector Hut

Imagem de guarda
Coz / Shutterstock

Imagens do cartão do autor
Hulton Deutsch / Getty Images (foto do autor)
Final Image Inc. / Video Copilot (papel antigo)
Retrosupply (mancha)

Ernest Hemingway

O VELHO
E O MAR

Tradução
Fernando de Castro Ferro

3ª edição

Rio de Janeiro | 2024

Copyright original © 1952 by Ernest Hemingway
Copyright renovado © 1980 by Mary Hemingway
Copyright © 1999 by Hemingway Foreign Rights Trust
Título original: *The Old Man and the Sea*

Texto revisado segundo o novo
Acordo Ortográfico da Língua Portuguesa.

2024
Impresso no Brasil
Printed in Brazil

CIP-BRASIL. CATALOGAÇÃO NA PUBLICAÇÃO
SINDICATO NACIONAL DOS EDITORES DE LIVROS, RJ

H429v

    Hemingway, Ernest, 1899-1961
        O velho e o mar / Ernest Hemingway ; tradução Fernando de Castro Ferro. - 3ª ed. - Rio de Janeiro : Bertrand Brasil, 2024.

    Tradução de: The old man and the sea
    "Inclui textos de apoio"
    ISBN 978-65-5838-066-5

    1. Ficção americana. I. Ferro, Fernando de Castro. II. Título.

21-73331   CDD: 813
                                                        CDU: 82-3(73)

Camila Donis Hartmann - Bibliotecária - CRB-7/6472

Todos os direitos reservados.
Não é permitida a reprodução total ou parcial desta obra, por quaisquer meios, sem a prévia autorização por escrito da Editora.

Direitos exclusivos de publicação em língua portuguesa somente para o Brasil adquiridos pela:
EDITORA BERTRAND BRASIL LTDA.
Rua Argentina, 171 — 3º andar — São Cristóvão
20921-380 — Rio de Janeiro — RJ
Tel.: (21) 2585-2000 — Fax: (21) 2585-2084,
que se reserva a propriedade literária desta tradução.

Seja um leitor preferencial. Cadastre-se no site www.record.com.br
e receba informações sobre nossos lançamentos e nossas promoções.
Atendimento e venda direta ao leitor: sac@record.com.br

indispensável

adjetivo de dois gêneros
   que não se pode dispensar; obrigatório, imprescindível, inevitável

substantivo masculino
   o que é vital, necessário, essencial

SUMÁRIO

APRESENTAÇÃO	9
O VELHO E O MAR	17
NÃO HÁ SIMBOLISMOS	137
UMA FORÇA INDOMÁVEL	149
DO OCEANO PARA AS PÁGINAS	161

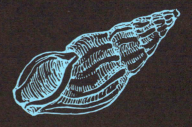

APRESENTAÇÃO

Esta edição especial de *O velho e o mar*, um dos livros indispensáveis da literatura mundial, foi concebida, projetada e executada por um grupo multidisciplinar e diverso de pessoas com pelo menos dois pontos em comum: o amor pelos livros e a paixão por Ernest Hemingway.

Obviamente, os motivadores deste projeto foram o grupo fiel de criaturas fantásticas que nos fazem levantar todos os dias para exercer nossos ofícios: vocês, indispensáveis leitores.

Para quem está embarcando pela primeira vez na canoa de Santiago, apenas desejaremos uma boa viagem, sem entrar em detalhes, pois queremos que a sua experiência seja tão inédita, intensa e única quanto foi a da nossa primeira vez.

Para quem veio fazer uma nova visita a esse velho amigo, apenas citaremos duas frases filosóficas de

Heráclito de Éfeso, esperando que sejam autoexplicativas depois de decifradas, pois as marinheiras e os marinheiros de primeira viagem do parágrafo anterior certamente continuaram lendo este parágrafo aqui também, e nós não queremos dar spoilers: "Ninguém se banha no mesmo rio duas vezes" e "Tudo flui e nada permanece".

Após a última linha de texto desta obra-prima de Hemingway, ambos os grupos poderão se deliciar com as reflexões sobre a obra e sobre o autor feitas exclusivamente para esta edição por três entusiastas brasileiros desse premiado escritor.

Por fim, agradecemos de coração a vocês por terem prestigiado nosso projeto e esperamos que a experiência com a forma e com o conteúdo deste volume seja indispensavelmente prazerosa.

Boa leitura!

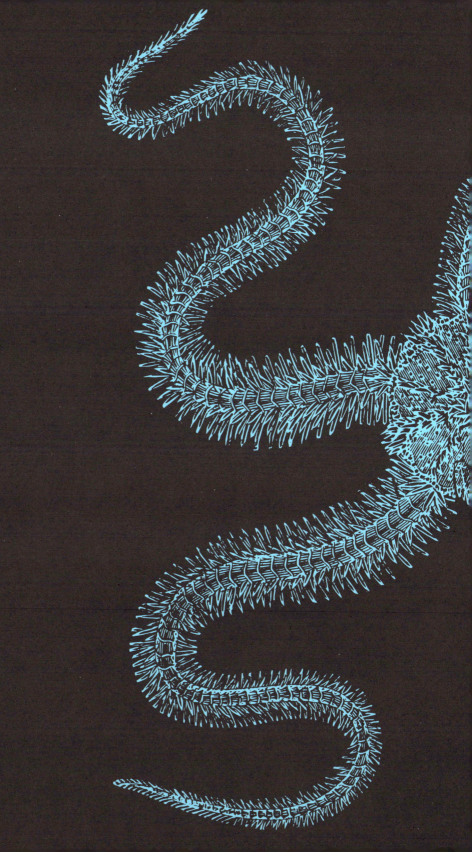

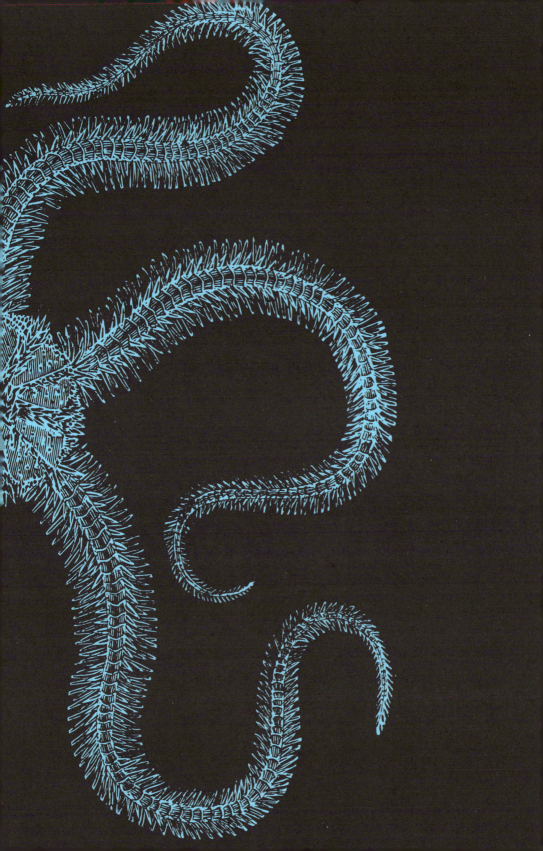

Para Charlie Scribner
e Max Perkins

O VELHO
E O MAR

Ele era um velho que pescava sozinho em seu barco, na *Gulf Stream*. Havia oitenta e quatro dias que não apanhava nenhum peixe. Nos primeiros quarenta, levara em sua companhia um garoto para auxiliá-lo. Depois disso, os pais do garoto, convencidos de que o velho se tornara *salao,* isto é, um azarento da pior espécie, puseram o filho para trabalhar noutro barco, que trouxera três bons peixes em apenas uma semana. O garoto ficava triste ao ver o velho regressar todos os dias com a embarcação vazia e ia sempre ajudá-lo a carregar os rolos de linha, ou o gancho e o arpão, ou ainda a vela que estava enrolada à volta do mastro. A vela fora remendada em vários pontos com velhos sacos de farinha e, assim enrolada, parecia a bandeira de uma derrota permanente.

O velho pescador era magro e seco, e tinha a parte posterior do pescoço vincada de profundas rugas. As manchas escuras que os raios do sol produzem sempre, nos mares tropicais, enchiam-lhe o rosto, estendendo-se ao longo dos braços, e suas mãos estavam cobertas de cicatrizes fundas, causadas pela fricção das linhas ásperas enganchadas em pesados e enormes peixes. Mas nenhuma destas cicatrizes era recente.

Tudo o que nele existia era velho, com exceção dos olhos que eram da cor do mar, alegres e indomáveis.

— Santiago — disse-lhe o garoto quando desciam do banco de areia para onde o barco fora puxado —, eu gostaria de tornar a sair com você. Tenho ganhado algum dinheiro.

O velho ensinara o garoto a pescar e por isso ele o adorava.

— Não — respondeu-lhe o velho. — Você está num barco de sorte. Fique com eles.

— Mas lembre-se daquela vez em que passamos mais de oitenta dias sem apanhar coisa alguma e depois pescamos dos grandes, todos os dias, durante três semanas.

— Lembro-me muito bem — tornou o velho. — E sei que no período de má sorte você não me abandonou nem duvidou de mim.

— Foi papai quem me fez mudar de barco. Ainda sou um garoto e tenho de obedecer a ele.

— Eu sei — concordou o velho. — É natural.

— Papai não tem muita fé.

— Não — tornou a concordar o velho. — Mas nós temos, não é verdade?

— Sim — afirmou o garoto. — Deixe-me oferecer a você uma cerveja na Esplanada, depois levamos estas coisas para casa. Aceita?

— Por que não? — respondeu o velho. — Entre pescadores...

Sentaram-se na Esplanada e alguns pescadores começaram a fazer troça do velho, mas ele não se zangou. Outros, os de mais idade, olharam para ele e sentiram-se tristes. Mas não o demonstraram e continuaram conversando, sem lhe dar importância, sobre as correntes e as profundidades a que tinham descido as suas linhas, sobre o bom tempo e as coisas que tinham visto ou feito durante o dia. Os pescadores que nesse dia haviam sido bem-sucedidos tinham chegado e limpado os espadartes, levando-os estendidos ao comprido sobre duas tábuas — dois homens sustentavam a ponta de cada tábua — para o armazém de peixes, onde ficavam à espera de que o transporte frigorífico os levasse para o mercado em Havana. Aqueles que tinham apanhado tubarões carregavam-nos para a fábrica do outro lado da baía, onde eram içados e limpos, os fígados extraídos, as barbatanas cortadas, as peles raspadas e a carne cortada em tiras para salgar.

Quando o vento soprava do nascente, a baía era invadida pelo cheiro que vinha da fábrica; hoje, porém, mal se notava o cheiro, pois o vento soprara para o norte e depois amainara rapidamente. Por esse motivo, a Esplanada estava muito agradável e batida de sol.

— Santiago — começou o garoto.

— Que é? — perguntou o velho. Tinha o copo na mão e pensava nas suas aventuras de muitos anos atrás.

— Posso sair com o barco para apanhar sardinhas para você amanhã?

— Não, vá jogar beisebol. Eu ainda sei remar e o Rogério pode atirar as redes.

— Mas eu gostaria de ir. Já que não posso ir pescar com você, queria ajudar de algum jeito.

— Você me pagou uma cerveja — replicou o velho. — Agora já é um homem.

— Que idade eu tinha quando você me levou no barco pela primeira vez?

— Cinco anos e você por pouco não morreu porque icei o peixe antes da hora e ele ia dando cabo do barco. Lembra-se?

— Lembro-me da cauda do peixe que batia e sacudia o barco todo, da travessa que rangia quase estalando e do ruído das pancadas que você dava nele com o martelo. Lembro também que você me atirou para a proa, onde estavam os rolos molhados de linha, e não posso me esquecer do barco estremecendo e das suas marteladas... até parecia que você estava pondo uma árvore abaixo… e de todo aquele sangue doce me salpicando.

— Lembra mesmo tudo isso ou fui eu que lhe contei depois?

— Lembro tudo desde que saímos juntos pela primeira vez.

O velho examinou-o com os seus olhos queimados pelo sol, muito carinhosos e confiantes.

— Se você fosse meu filho, eu o levaria comigo e desafiaria a má sorte — disse ele. — Mas você tem seu pai e sua mãe e está num barco de sorte.

— Posso ir apanhar as sardinhas? Sei de um lugar onde é fácil encontrar isca.

— Ainda me restam algumas de hoje. Ponho-as numa caixa com sal e servem para amanhã.

— Deixe eu ir arranjar isca fresca.

— Uma só — disse o velho. As suas esperanças e confiança nunca o tinham abandonado, mas agora estavam arrefecendo como a brisa quando se levanta no ar.

— Duas — devolveu o garoto.

— Duas — concordou o velho. — Não vai roubá-las, não é?

— Roubaria se fosse preciso — respondeu o garoto. — Mas não é.

— Obrigado — disse o velho pescador. Era demasiado simples para compreender quando alcançara a humildade. Mas sabia que a alcançara e sabia que não era nenhuma vergonha nem representava nenhuma perda do verdadeiro orgulho.

— Com esta corrente, amanhã vai ser um bom dia — profetizou o velho.

— Para que lado vai? — perguntou o garoto.

— Para o largo, e voltarei para junto da costa quando o vento mudar. Quero sair antes do amanhecer.

— Vou ver se consigo que o patrão do meu barco vá também para o largo — disse o garoto. — Assim, se você apanhar qualquer coisa grande de verdade, podemos ajudá-lo.

— Seu patrão não gosta de ir para muito longe.

— Não — concordou o garoto. — Mas irá, se eu vir qualquer coisa que ele não possa ver, como uma ave pairando sobre as águas, e disser que é um cardume de dourados.

— Então ele tem a vista tão ruim assim?

— Está quase cego.

— É estranho — disse o velho. — Ele nunca foi à cata das tartarugas. É isso que dá cabo dos olhos.

— Mas você foi à procura das tartarugas durante anos, lá para a Costa do Mosquito, e os seus olhos estão bons.

— É que sou um velho muito estranho.

— Mas se sente suficientemente forte para aguentar um peixe dos grandes?

— Acho que sim. E conheço as manhas de todos eles.

— Temos de levar as coisas para casa — lembrou o garoto. — Para eu ter tempo de ir deitar a rede e apanhar as sardinhas.

Foram buscar a tralha do barco. O velho pôs o mastro às costas e o garoto pegou a caixa de madeira que continha os rolos da dura linha entrelaçada, o gancho e o arpão. A caixa de isca estava escondida na popa da embarcação, juntamente com o martelo que servia para abater os peixes maiores quando eram puxados para junto do barco. Ninguém iria roubar o velho, mas era melhor levar a vela e as linhas mais pesadas para casa, porque a umidade lhes era prejudicial e, ainda que nenhum habitante da localidade fosse roubá-lo, o velho pescador pensava que um arpão e um gancho eram tentações desnecessárias para se deixar num barco.

Seguiram juntos pela rua em direção à cabana do velho e entraram pela porta que estava sempre aberta. O velho encostou à parede o mastro com as velas enroladas em volta e o garoto pôs a caixa e as outras coisas no chão. O mastro era quase da altura do único quarto da cabana, que era construída de *guano*, a resistente madeira das palmeiras-reais. Dentro só havia uma cama, uma mesa, uma cadeira e um canto no chão sujo, onde se podia cozinhar a carvão. Nas paredes castanhas do duro *guano* viam-se uma imagem colorida do Sagrado Coração de Jesus e uma outra da Virgem de Cobre. Ambas eram relíquias de sua mulher. Em tempos, houvera na parede uma fotografia da esposa, mas ele a tinha tirado porque se sentia muito só ao olhá-la todos os dias; agora estava escondida numa prateleira, debaixo de sua camisa lavada.

— O que você tem para comer? — perguntou o garoto.

— Uma panela de arroz com peixe. Quer provar?

— Não. Vou comer em casa. Quer que acenda o fogo?

— Não, não é preciso.

— Posso levar a rede?

— Naturalmente.

Não existia nenhuma rede e o garoto se lembrava muito bem de quando a tinham vendido. Mas esta era uma cena que repetiam todos os dias. Também não havia nenhuma panela de arroz com peixe e o garoto também sabia disso.

— Oitenta e cinco é um número de sorte — disse o velho. — Gostaria de me ver trazer um peixe que pesasse mais de quatrocentos quilos?

— Se gostaria! Vou agora preparar a rede para ir apanhar sardinhas. Por que não se senta à porta para apanhar sol?

— Sim, tenho aqui o jornal de ontem e vou ler as notícias do beisebol.

O garoto não sabia bem se o jornal de ontem também era uma fantasia, mas o velho o tirou de debaixo do colchão.

— Foi o Pedrito quem deu para mim no botequim — explicou ele.

— Agora tenho de ir procurar sardinhas. Guardarei todas juntas, no gelo, as suas e as minhas, e amanhã cedo poderemos separá-las. Depois, quando eu voltar, você me contará o que eles dizem no jornal a respeito do beisebol, certo?

— Os Yankees não podem perder.

— Mas eu tenho um pouco de medo dos Indians de Cleveland.

— Tenha confiança nos Yankees, meu filho. Pense no grande DiMaggio.

— Tenho medo dos Tigers de Detroit e dos Indians de Cleveland.

— Tome cuidado ou você ainda acabará tendo medo dos Reds de Cincinnati ou dos White Sox de Chicago.

— Estude os resultados e os palpites, meu velho, e depois me diga o que acha, quando eu voltar.

— Será que devíamos comprar um bilhete de loteria com a terminação oitenta e cinco? Amanhã é o octogésimo quinto dia.

— Claro, podemos comprá-lo — assentiu o garoto. — Mas não seria melhor oitenta e sete, o número do seu grande recorde?

— Uma coisa nunca acontece duas vezes. Acha que poderá encontrar um bilhete com a terminação oitenta e cinco?

— Posso procurar.

— Um bilhete inteiro. Custa dois dólares e meio. Quem é que poderia emprestar o dinheiro?

— Isso é fácil. Qualquer pessoa me empresta dois dólares e meio.

— A mim também me emprestavam. Mas não quero pedir emprestado a ninguém. Primeiro pede-se emprestado. Depois pede-se esmola.

— Não desanime, meu velho — acalmou-o o garoto. — Lembre-se de que estamos em setembro.

— O mês dos peixes grandes — replicou o velho. — Em maio, todos podem ser pescadores.

— Agora vou apanhar as sardinhas — disse o garoto.

Quando ele voltou, mais tarde, o velho Santiago estava dormindo e o sol já começava a baixar no horizonte. O garoto foi buscar a velha manta da cama e colocou-a sobre os ombros do velho. Eram ombros estranhos, ainda poderosos embora muito velhos, e o pescoço também era ainda muito forte. Não se viam tanto as rugas quando estava dormindo assim, com a cabeça descaída para a frente. A camisa havia sido remendada tantas vezes que mais se assemelhava a uma vela, e os remendos, sob a ação do sol, tinham-se esbatido em diversos tons. A cabeça do velho era muito velha e, com os olhos fechados, não havia vida no seu rosto. Tinha o jornal estendido nos joelhos e o peso do braço impedia que a brisa da tarde o levasse. Estava descalço.

O garoto deixou-o ficar como estava e afastou-se, mas, quando voltou, o velho continuava dormindo.

— Acorde, meu velho — disse o garoto, pondo a mão sobre um dos seus joelhos.

O velho Santiago abriu os olhos e, durante um momento, deu a impressão de voltar de algum lugar distante, muito distante. Depois, sorriu.

— O que é que você traz aí? — perguntou.

— O jantar — respondeu o garoto. — Vamos comer.

— Não tenho fome.

— Mas você precisa comer. Não pode ir à pesca sem comer.

— Já comi — murmurou o velho, levantando-se e dobrando o jornal. Depois começou a dobrar também a manta.

— Ponha a manta nas costas — disse o garoto. — E fique sabendo que, enquanto eu for vivo, você não irá à pesca sem comer.

— Então viva muito tempo e trate da sua saúde — redarguiu o velho. — E o que é que temos para comer?

— Feijão preto com arroz, bananas fritas e um pouco de guisado.

O garoto trouxera a comida da Esplanada numa marmita dupla de alumínio. Trazia também, no bolso, facas, garfos e colheres, com um guardanapo de papel enrolado em volta de cada talher.

— Quem é que lhe deu isto?

— Martin, o dono.

— Tenho de lhe agradecer.

— Eu já lhe agradeci — replicou o garoto. — Você não tem nada que agradecer.

— Hei de dar-lhe a carne da barriga de um peixe grande — disse o velho. — Já nos fez este favor mais de uma vez, não é verdade?

— Acho que sim.

— Então, tenho de lhe dar mais do que a carne da barriga. Tem sido muito bom para nós.

— Também mandou duas cervejas.

— Eu gosto mais da cerveja de barril.

— Eu sei. Mas as que ele mandou são de garrafa, cerveja Hatuey, mas preciso levar de volta os cascos vazios.

— Você é muito amável — disse o velho. — Não será melhor começarmos a comer?

— Já tinha dito isso mesmo… — respondeu o garoto suavemente. — Não queria abrir a marmita antes de você estar pronto.

— Pois agora já estou pronto. Só queria era ter tempo para me lavar.

"Onde você poderia lavar-se?", pensou o garoto. O depósito de água da aldeia ficava lá para baixo, duas ruas além, indo pela estrada. "Preciso trazer-lhe água para a cabana, sabão e uma toalha nova", continuou a pensar o garoto. "Por que será que nunca penso nessas coisas? Tenho de arranjar outra camisa para ele, um casaco para o inverno e uns sapatos, além de outro cobertor."

— O guisado está ótimo — disse o velho.

— Fale do beisebol — pediu-lhe o garoto.

— Na Liga Americana, os melhores são os Yankees, como eu já disse — respondeu o velho, muito satisfeito.

— Mas eles perderam hoje — informou o garoto.

— Isso não quer dizer nada. O grande DiMaggio está outra vez em forma.

— Mas há outros jogadores na equipe.

— Naturalmente, mas ele é que conta. Na outra Liga, entre o Brooklyn e o Philadelphia, escolho o Brooklyn. Claro, quando digo isto, estou pensando no Dick Sisler e naqueles lançamentos espetaculares no velho campo.

— Nunca houve nada igual. Nunca vi ninguém lançar a bola tão longe quanto ele.

— Lembra-se de quando ele costumava vir à Esplanada? Teria gostado de levá-lo para pescar, mas tinha vergonha de convidá-lo. Depois eu lhe pedi que o convidasse, mas você também era muito tímido.

— Lembro perfeitamente. Foi um grande erro. Dick Sisler era bem capaz de ter querido vir conosco e então íamos ter essa lembrança boa pelo resto da vida.

— Eu gostaria era de levar o grande DiMaggio para pescar — falou o velho Santiago. — Dizem que o pai dele era pescador. Talvez tivesse sido tão pobre como nós e pudesse compreender nossa vida.

— O pai do grande Sisler nunca foi pobre e já jogava na Liga quando tinha a minha idade.

— Quando eu tinha a sua idade, meu garoto, andava na proa de um navio que fazia carreira para a África e foi lá que vi leões nas praias, à noitinha.

— Eu sei. Você já me contou.

— Quer que fale da África ou de beisebol?

— Prefiro beisebol — optou o garoto. — Fale do grande John J. McGraw.

— Ele também costumava vir à Esplanada nos velhos tempos, mas era muito malcriado e difícil de aguentar. E falava coisas horríveis quando bebia. Só pensava em cavalos e em beisebol. Ou, pelo menos, estava sempre com listas de cavalos nos bolsos e muitas vezes dizia os seus nomes pelo telefone.

— Era um grande treinador — disse o garoto. — Papai acha que ele era o melhor de todos.

— Isso porque era o que vinha aqui mais vezes — observou o velho. — Se o Durocher tivesse continuado a vir aqui todos os anos, seu pai pensaria que ele é que era o melhor de todos.

— Mas, afinal, qual é o melhor treinador, o Luque ou o Mike Gonzales?

— Na minha opinião os dois são da mesma categoria.

— E o melhor pescador é você.

— Não. Conheço outros melhores.

— *Qué va!* — exclamou o garoto. — Existem muitos pescadores bons e alguns mesmo ótimos. Mas como você não há nenhum.

— Obrigado. Gosto de ouvir você dizer isso e espero que não me apareça pela frente nenhum peixe grande demais para desmenti-lo.

— Não existe nenhum peixe grande o bastante para isso, se você ainda é tão forte como diz.

— Pode ser que eu não esteja tão forte como penso — admitiu o velho —, mas conheço todos os truques e não me falta decisão.

— Agora devia ir deitar para estar descansado amanhã de manhã. Vou levar estas coisas para a Esplanada.

— Então, boa-noite. Irei acordá-lo de manhã.

— Você é o meu despertador — disse o garoto.

— E o meu é a idade — replicou o velho. — Por que será que os velhos acordam sempre tão cedo? Será para terem um dia mais comprido?

— Não sei — redarguiu o garoto. — O que sei é que os moços acordam sempre tarde e maldispostos.

— Lembro-me muito bem disso — concordou o velho. — Descanse à vontade que acordo você a tempo.

— Não gosto que seja ele quem me acorde. É como se eu fosse um seu inferior.

— Eu sei.

— Durma bem, meu velho.

O garoto afastou-se. Tinham comido quase sem luz. O velho tirou as calças e foi para a cama às escuras. Enrolou as calças para fazer uma espécie de almofada e meteu o jornal dentro do rolo. Embrulhou-se na manta e deitou-se sobre o colchão, que consistia quase exclusivamente de velhos jornais ressequidos pelo tempo.

Adormeceu quase imediatamente e sonhou com a África de quando era garoto, com as extensas praias douradas e as areias brancas, tão brancas que feriam os olhos, e com os cabos que se erguiam majestosamente sobre o mar, e com as enormes montanhas castanhas. Agora vivia nessas costas todas as noites e, nos seus sonhos, ouvia o marulhar das ondas e via os barcos dos nativos que singravam as águas. Sentia o cheiro do alcatrão e dos cabos da coberta, e parecia-lhe sentir o aroma da África que a brisa da terra trazia pela manhã.

Geralmente, quando cheirava a brisa da terra, levantava-se, vestia-se e ia acordar o garoto. Mas esta noite a brisa da terra veio mais cedo do que de costume e, mesmo em sonho, o velho sabia que ainda era muito cedo e continuou a sonhar com os cumes brancos das ilhas que se erguiam do mar e depois com os diferentes portos e estradas das Ilhas Canárias.

Havia muito tempo que não sonhava com tempestades nem com mulheres, nem também com grandes acontecimentos ou grandes peixes, ou lutas, ou desafios de força, nem mesmo com a sua mulher. Agora sonhava apenas com lugares e com os leões na praia. Os leões brincavam na areia como gatinhos e ele os amava tal como amava o garoto. Nunca sonhava com ele. Acordou, viu a lua pela porta aberta, desenrolou as calças e vestiu-as. Fez as suas necessidades atrás da cabana e depois seguiu pela estrada para ir acordar o garoto. O frio da manhã fazia-o tremer. Mas sabia que aqueceria depressa e que breve estaria remando.

A porta da casa onde vivia o garoto não estava fechada a chave; ele a abriu e entrou silenciosamente, de pés descalços. O garoto estava dormindo numa cama no primeiro quarto e o velho podia vê-lo nitidamente com os últimos clarões do luar que já começara a extinguir-se. Agarrou num dos pés do garoto com cuidado e segurou-o até que ele acordou e olhou para ele. O velho fez-lhe um sinal com a cabeça. Seu amigo pegou as calças que estavam em cima de uma cadeira ao lado da cama e vestiu-as.

O velho dirigiu-se para a porta e o garoto seguiu-o. Estava estremunhado de sono e o velho passou-lhe o braço pelos ombros.

— Sinto muito — disse.

— *Qué va!* — respondeu o garoto. — É o que um homem tem de fazer.

Encaminharam-se para a cabana do velho e, por todo o caminho, na escuridão, viam-se homens descalços a mover-se, carregando os mastros de seus barcos.

Quando chegaram à cabana, o garoto pegou os rolos de linha que estavam dentro da caixa, o arpão e o gancho, e o velho pôs aos ombros o mastro com a vela enrolada.

— Quer tomar café? — perguntou o garoto.

— Primeiro, vamos aprontar o barco e depois vamos ao café.

Tomaram café num pequeno quiosque que servia os pescadores e que lhes fornecia café em latas de leite vazias.

— Dormiu bem, meu velho? — perguntou o garoto. Sentia-se agora completamente desperto, embora ainda desejasse tornar a adormecer.

— Muito bem, Manolin — respondeu-lhe o velho. — Hoje estou muito confiante.

— Eu também. Agora preciso ir buscar as suas sardinhas e a isca fresca. O patrão é que traz a tralha. Não permite que ninguém o ajude a trazer as coisas.

— Nós somos diferentes — disse o velho. — Quando você tinha cinco anos, já me ajudava a trazer as minhas coisas.

— Eu sei — respondeu Manolin. — Volto já. Tome outro café. Temos crédito aqui.

Afastou-se, descalço sobre as rochas de coral, em direção ao armazém frigorífico onde havia guardado a isca.

O velho bebeu o café lentamente. Não comeria nada durante o dia todo e sabia que devia tomá-lo. Havia muito tempo que comer o aborrecia e nunca levava almoço para o barco. Tinha uma garrafa de água na embarcação e não precisava de mais nada.

O garoto voltou com as sardinhas e a isca embrulhadas numa folha de jornal e desceram para o barco, sentindo as pedras da areia sob os pés descalços. Levantaram a embarcação e fizeram-na deslizar para a água.

— Boa sorte, meu velho.

— Boa sorte — respondeu o velho. Encaixou os remos nos suportes e começou a remar para fora do porto, envolto em escuridão. Viam-se outros barcos das outras praias fazer-se ao mar e o velho ouvia o ruído dos remos mergulhando na água, embora não os pudesse ver, agora que a lua se escondera para lá das colinas.

Às vezes ouviam-se vozes num barco. Mas na maior parte deles reinava silêncio, apenas quebrado pelo bater dos remos na água. Depois de saírem da boca da baía, separaram-se todos e cada qual se dirigiu para o ponto do oceano onde esperava encontrar peixe. O velho sabia que ia muito para o largo; deixou o aroma da terra para trás e continuou a remar em direção ao agradável aroma da madrugada do oceano. Viu na água, enquanto remava, a fosforescência das algas do *Gulf* naquele ponto do oceano que os pescadores chamavam *o grande poço*, pois havia ali uma súbita profundidade de mil e trezentos metros onde se juntavam peixes de todas as espécies por causa do remoinho que a corrente fazia contra as altas paredes do fundo do oceano. Existiam ali grandes ajuntamentos de camarões e de peixes miúdos que serviam para isca e também, nos recantos mais profundos, aglomerados de parasitas que vinham à superfície durante a noite e serviam de alimento a todos os peixes que andavam por aquelas bandas.

Na escuridão, o velho sentia a manhã aproximar-se e, à medida que remava, ouvia os peixes-voadores que saltavam da água e o zumbido que as suas asas duras faziam, batendo repetidamente na escuridão. Gostava muito dos peixes-voadores, pois eram os seus melhores amigos no oceano. Tinha muita pena das aves, especialmente das gaivotas menores que estavam sempre voando e à procura de alimento, quase nunca o encontrando, e o velho pensava: "As aves têm uma vida mais dura do que a nossa, excetuando as aves de rapina e as mais fortes. Por que existiriam aves tão delicadas e tão frágeis, como as andorinhas-do-mar, se o mar pode ser tão violento e cruel? O mar é generoso e belo. Mas pode tornar-se tão cruel e tão rapidamente, que aves assim, que voam mergulhando no mar e caçando com as suas fracas e tristes vozes, são demasiado frágeis para enfrentá-lo."

O velho pensava sempre no mar como sendo *la mar*, que é como lhe chamam em espanhol quando verdadeiramente o querem bem. Às vezes aqueles que o amam lhe dão nomes vulgares, mas sempre como se fosse uma mulher. Alguns dos pescadores mais novos, aqueles que usam boias como flutuadores para as suas linhas e têm barcos a motor, comprados quando os fígados dos tubarões valiam muito dinheiro, ao falarem do mar dizem *el mar*, que é masculino. Falam do mar como de um adversário, de um lugar ou mesmo de um inimigo. Entretanto, o velho pescador pensava sempre no mar no feminino e como se fosse uma coisa que concedesse ou negasse grandes favores; mas se o mar praticasse selvagerias ou crueldades era só porque não podia evitá-lo. "A lua afeta o mar tal como afeta as mulheres", refletiu o velho.

Estava remando num ritmo muito regular e mantendo sem grande esforço uma boa velocidade média. A superfície do oceano estava lisa, à exceção de remoinhos ocasionais da corrente, o que permitia que esta realizasse um terço do trabalho dele. Quando começou a amanhecer, verificou que já estava mais longe do que esperava.

"Andei experimentando os poços mais fundos durante uma semana e não consegui nada", pensou. "Hoje vou tentar mais para o largo, por onde andam os cardumes de peixes menores, e pode ser que encontre um grande entre eles."

Antes de ter nascido completamente a manhã, já tinha a isca na água, navegando ao sabor da corrente. Uma das linhas ia a setenta metros de profundidade, outra a cento e trinta, e uma terceira e uma quarta estavam mergulhadas nas águas azuis a cento e oitenta e a duzentos e quinze metros. E estavam penduradas de cabeça para baixo, com o eixo do anzol dentro do peixe-isca, solidamente amarrado, e toda a parte saliente do anzol — a curva e a ponta — estava coberta de sardinhas frescas. Cada sardinha estava enganchada pelos olhos, de maneira a fazer meia coroa visível no metal. Não havia nenhuma parte do anzol que um peixe grande pudesse sentir que não tivesse um aroma agradável ou um sabor delicioso.

O jovem Manolin dera-lhe duas pequenas albacoras frescas, as quais estavam presas às duas linhas mais fundas; nas outras, tinha um peixe azul e outro amarelo que já tinha usado antes, mas que ainda estavam em boas condições, além das excelentes sardinhas para lhes darem aroma e poder de atração. Cada uma das linhas, da grossura de um lápis, estava atada a uma vara de madeira verde de forma que o menor esticão ou toque na isca faria a vara curvar-se; cada uma das linhas tinha, enrolados, dois cabos de setenta metros que podiam ser rapidamente ligados aos outros rolos, de maneira que, se necessário, um peixe pudesse dispor de quinhentos metros de linha para correr à vontade.

Agora o homem observava os movimentos das varas penduradas fora do barco e remava suavemente para conservar as linhas bem verticais e nas profundidades desejadas. Já se fazia dia claro e dentro em pouco o sol começaria a erguer-se no horizonte.

O sol levantou-se do mar e o velho Santiago enxergou os outros barcos, lá mais para terra, espalhando-se pela corrente. Depois o sol começou a tornar-se mais forte, as águas começaram a brilhar e, então, quando se ergueu mais alto, o mar liso refletiu-se-lhe nos olhos, incomodando-o muito, e teve de remar desviando o olhar. Olhava para baixo, para a água, examinava as linhas que desapareciam perpendicularmente na escuridão do oceano. O velho mantinha sempre as linhas mais a direito do que todos os outros pescadores para que, a cada nível da profundidade da corrente, houvesse sempre engodo à espera, exatamente onde ele o queria, para qualquer peixe que por lá passasse. Os outros largavam as linhas ao sabor da corrente e às vezes julgavam-nas a cento e cinquenta metros de profundidade quando estavam, na realidade, a cem.

"Mas", pensou, "eu as mantenho sempre na mesma profundidade. O que aconteceu é que acabou a minha sorte. Mas, quem sabe? Talvez hoje. Cada dia é um novo dia. É melhor ter sorte. Mas eu prefiro fazer as coisas sempre bem. Então, se a sorte me sorrir, estou preparado."

O sol já tinha nascido havia duas horas e já agora os olhos não lhe doíam tanto quando olhava para o nascente. Agora só via três barcos no horizonte, mas estavam muito longe e próximos da terra.

"O sol matinal tem feito doer os meus olhos durante toda a minha vida", pensou ele. "Mas ainda estão muito bons. À tardinha posso olhar de frente para o sol sem sentir muita dor. É à tarde que o sol fica mais intenso. Mas de manhã é mais doloroso."

Nesse momento viu uma andorinha-do-mar, com as suas enormes asas pretas, descrevendo círculos no céu, mesmo em frente da embarcação. Desceu rapidamente, deslizando nas suas asas escuras, e depois voltou a voar em círculos.

— Viu alguma coisa — disse o velho em voz alta. — Não está só à procura.

Pôs-se a remar lenta e ritmadamente em direção ao ponto onde a andorinha estava pairando. Não se apressou, conservou as linhas na vertical. Mas aproveitou a corrente um pouco mais, de forma que continuasse a pescar como devia, embora mais depressa do que o faria se não estivesse procurando usar a pista indicada pela ave.

A andorinha elevou-se mais no ar e continuou a descrever círculos, com as asas imóveis. Depois mergulhou subitamente e o velho viu alguns peixes-voadores saltarem da água e esvoaçarem desesperadamente na superfície.

— Dourados — disse o velho ainda em voz alta. — Dourados dos grandes.

Recolheu os remos e tirou uma pequena linha de debaixo do banco. Tinha uma ponta de arame e um anzol de tamanho médio, ao qual prendeu uma das sardinhas. Atirou-o para fora da embarcação e depois atou a linha a uma argola fixada na proa. Enganchou depois outra isca numa segunda linha e deixou-a enrolada no fundo do barco. Recomeçou a remar e a observar as enormes asas da andorinha que estava agora voando mais baixo, à superfície das águas.

Enquanto ele a observava, a ave voltou a mergulhar, abrindo as asas para o mergulho e depois as agitando desordenadamente enquanto perseguia os peixes-voadores. O velho notou o vago estremecimento da água, causado pelos grandes dourados empenhados na mesma perseguição. Corriam, velozes, através da água, por baixo dos peixes e ficavam no ponto exato em que os voadores mergulhavam para os receber nas bocarras abertas. "É um grande cardume de dourados", pensou o velho. "Estão muito espalhados por esta zona e os peixes-voadores não podem escapar deles. A andorinha não conseguirá nada. Os peixes-voadores são grandes demais e muito rápidos para ela."

Continuou a observar os peixes-voadores, que saltavam fora da água continuamente, e os movimentos inúteis da ave. "Aquele cardume está se afastando de mim", pensou. "Estão se movendo com muita rapidez e para muito longe. Mas talvez eu possa encontrar alguns, extraviados, e quem sabe mesmo os grandes estejam à volta desses. Os meus peixes grandes devem andar aí por perto."

As nuvens que cobriam a costa erguiam-se agora como montanhas e a costa não era mais do que uma linha verde com as colinas de um azul-cinzento por trás. A água adquirira um tom azulado tão escuro que era quase purpúreo. Quando olhou para as profundezas do mar, o velho pescador viu o tom vermelho do costado do barco distorcido ao sabor das ondas e o estranho reflexo agora produzido pelo mar. Examinou as linhas para estar certo de que caíam na vertical para as trevas do mar. O estranho reflexo que o sol produzia na água, agora que estava mais alto, queria dizer bom tempo e o mesmo significava a forma daquelas nuvens sobre a terra. Mas a andorinha estava agora quase desaparecendo no horizonte e não se via nada mais na superfície do mar além das manchas amareladas das algas e a forma purpúrea e gelatinosa de uma fisália que flutuava junto à embarcação. Voltou-se para um lado e depois tornou a endireitar-se. A fisália flutuava despreocupadamente, como uma bolha de longos filamentos, de um metro de comprimento, mortais e purpúreos, imensos na água.

— *Agua mala* — disse o pescador. — Maldita.

Examinou a água no local onde apoiara de leve os remos e viu pequenos peixes da mesma cor dos filamentos, nadando por entre eles e por baixo da pequena sombra que fazia o celenterado ao flutuar. Aqueles peixinhos eram imunes ao veneno. Mas os homens, não, e quando alguns daqueles filamentos se enrolavam numa das linhas e ficavam agarrados, purpúreos mas quase transparentes, enquanto o velho Santiago estava trabalhando um peixe, ele já sabia que os braços e as mãos se lhe encheriam de vergões e chagas dolorosas, que custavam a sarar. Os envenenamentos da *agua mala* apareciam instantaneamente e os filamentos cortavam como a ponta de um chicote.

As bolhas iridescentes eram belas. Mas eram o que de mais falso existe no mar e o velho gostava de ver as grandes tartarugas marinhas comê-las. As tartarugas, geralmente, quando viam as fisálias, aproximavam-se da frente, depois fechavam os olhos para se protegerem e então comiam os filamentos e todo o resto. O velho adorava ver as tartarugas comerem as fisálias, como também gostava de andar sobre elas quando lançadas à praia por uma tempestade, pisando-as e fazendo-as explodir com as duras e calosas solas dos pés.

O velho pescador gostava das tartarugas verdes, úteis e muito valiosas, e tinha um desprezo amigável pelas enormes e estúpidas tartarugas de grossas carapaças amarelas, estranhas no seu modo de vida e muito felizes quando comiam, com os olhos fechados, as malditas fisálias.

Não tinha nenhuma consideração especial pelas tartarugas, embora tivesse andado à caça delas durante muitos anos. Davam-lhe pena, mesmo as que pesavam uma tonelada. A maior parte dos pescadores não sentia a menor compaixão pelo fato de o coração da tartaruga continuar a palpitar durante horas e horas, mesmo depois de ela morta e cortada em pedaços. Mas o velho pensava: "Eu também tenho um coração assim e os meus pés e mãos são como os dela." Comia-lhes os ovos brancos para ganhar forças. Comia-os durante todo o mês de maio para estar forte em setembro e outubro e poder enfrentar os peixes verdadeiramente grandes.

Também bebia sempre uma xícara de óleo de fígado de tubarão que ia buscar no grande depósito do armazém, onde quase todos os pescadores costumavam guardar a sua tralha. Estava ali para todos os pescadores que quisessem tomar. A maior parte dos pescadores tinha aversão ao seu gosto. Mas não era pior do que levantar à hora em que se levantavam e era um ótimo remédio contra constipações e dores de estômago. Também era muito bom para os olhos.

O velho Santiago tornou a olhar para cima e viu que a andorinha estava ainda descrevendo círculos e pairando no ar.

"Viu peixe", pensou ele em voz alta. Não se enxergavam peixes-voadores saltando fora d'água nem sombra de algum cardume de peixes pequenos. Mas, enquanto o velho olhava, uma pequena albacora saltou no ar, deu uma reviravolta e tornou a mergulhar de cabeça, brilhando ao sol com suas escamas prateadas. Depois de ter mergulhado, apareceu uma outra e mais outra e depois muitas mais que saltavam em todas as direções, agitando a água e dando grandes saltos atrás de um cardume de pequenos peixes que agora se tornava visível. Estavam cercando o cardume e levando-o para onde queriam.

"Se não forem depressa demais, posso alcançá-las", pensou o velho, observando o cardume de albacoras no seu cerco e a andorinha agora lançando-se à água e apanhando os pequenos peixes que no pânico de que estavam possuídos se viam obrigados a vir à tona.

— A ave ajuda-me muito — disse o velho. Nesse mesmo instante a linha da popa deu um esticão e ele largou os remos, sentindo o peso da pequena albacora puxando freneticamente. Agarrou a linha e começou a recolhê-la. Os estremecimentos aumentavam à medida que puxava e já agora podia ver o dorso azulado do peixe na água e o dourado das barbatanas brilhando ao sol. Finalmente, com um último puxão, trouxe o peixe para dentro do barco, onde ficou deitado ao sol na popa, com o corpo roliço e enormes olhos estúpidos a olhar em volta, cansando-se rapidamente com as pancadas nervosas que dava nas tábuas da embarcação com sua cauda muito rápida e potente. O velho, por compaixão, deu-lhe uma pancada na cabeça e depois um pontapé que o atirou para a sombra da popa com o corpo ainda estremecendo, embora já morto.

— Albacora, da família dos atuns — falou em voz alta. — Será uma bela isca. Deve pesar pelo menos três quilos.

Não se lembrava de quando começara a falar em voz alta quando estava sozinho. Nos velhos tempos costumava cantar quando estava só no mar e às vezes também cantava de noite quando estava ao leme na sua hora de vigia nas sumacas ou barcos de tartarugas. Talvez tivesse começado a falar em voz alta quando ficou sozinho, depois que Manolin fora trabalhar em outro barco. Mas não se lembrava. Quando ia pescar com o garoto, geralmente só falavam quando preciso. Só conversavam à noitinha ou então quando surpreendidos por uma tempestade ou mau tempo. Era uma virtude não falar desnecessariamente quando no mar e o velho pescador sempre pensara assim, respeitando essa norma. Mas, agora, muitas vezes exprimia os seus pensamentos em voz alta, pois isso não iria incomodar ninguém.

— Se os outros me ouvissem falando sozinho, julgariam que estou louco — disse alto. — Mas, como não estou louco, não me importo. Os ricos têm aparelhos de rádio nos seus barcos para ouvir música e notícias de beisebol.

"Mas agora não é o momento próprio para pensar em beisebol. Agora só devo pensar numa coisa, aquilo para o que nasci. É capaz de haver um, dos grandes, naquele cardume. Até agora só consegui apanhar um peixe extraviado, uma criança de peito. O cardume está se afastando muito depressa. Tudo que vem hoje à superfície viaja com uma grande rapidez e sempre para noroeste. Será por causa da hora? Ou será qualquer indicação de mudança de tempo que eu desconheça?"

Já não podia ver o verde da costa; apenas avistava os cumes das colinas azuis, esbranquiçados como se estivessem cobertos de neve, e as nuvens, que pareciam grandes montanhas brancas por cima das colinas. O mar estava muito escuro e a luz formava prismas na água. Os milhões de reflexos na água eram agora anulados pelo sol que estava alto e o velho só via os prismas muito profundos na água azul e as linhas a cair verticalmente para o fundo do mar, que naquela zona tinha mais de uma milha de profundidade.

Os atuns — os pescadores chamavam assim a todos os peixes daquela espécie e só os diferenciavam pelos seus nomes próprios quando os vendiam ou os trocavam por isca — haviam de novo mergulhado e não mais eram vistos em nenhum lugar. O sol estava muito mais quente e o velho o sentiu na parte posterior do pescoço, de onde o suor lhe escorria pelas costas enquanto remava.

"Podia ir à deriva", pensou, "e dormir um pouco com a ponta da linha atada no pé para me acordar se algum peixe morder. Mas hoje é o octogésimo quinto dia e devo pescar o melhor possível."

Neste momento, quando examinava as linhas, viu uma das varas verdes dobrar-se violentamente.

— Pronto — disse o velho. — Pronto — e arrumou os remos, fazendo por não estremecer o barco. Agarrou na linha e segurou-a suavemente entre o polegar e o indicador da mão direita. Não sentiu nenhuma força nem peso e continuou a segurar na linha com suavidade. Depois, sentiu outro puxão. Desta vez era um puxão ligeiro, quase fraco, e ele sabia exatamente o que era. A uns cento e cinquenta metros de profundidade, um espadarte estava comendo as sardinhas que cobriam a ponta do anzol que se projetava da cabeça do atum-isca. O velho tinha a linha presa de leve nos dois dedos e, delicadamente, com a mão esquerda, a desprendeu da vara. Agora podia deixá-la correr pelos dedos sem que o peixe sentisse qualquer tensão.

— Assim tão longe de terra, e neste mês, deve ser enorme. Coma a isca, peixe! Coma. Coma, por favor. São tão frescas e você está aí tão fundo, a cento e cinquenta metros, nessa água fria da escuridão. Dê uma volta no escuro e depois venha comer a isca toda.

Sentiu um puxão muito ligeiro e depois um estição mais violento, possivelmente devido a uma cabeça de sardinha ter-se tornado mais difícil de arrancar do anzol. Depois não sentiu mais nada.

— Vamos! — exclamou o velho em voz alta. — Dê outra volta. Cheire-as. Não são deliciosas? Coma-as todas agora e depois ainda lhe restará o atum. Duro, frio e saboroso. Não seja tímido, meu peixe. Coma-as.

Ficou à espera, com a linha segura entre o polegar e o dedo indicador, observando aquela linha e também as outras ao mesmo tempo, pois o peixe podia ter nadado por outro nível, mais acima ou mais abaixo. Depois, tornou a sentir o mesmo puxão delicado.

— Vai comê-las — falou o velho pescador. — Deus o faça comê-las.

Mas o peixe não trincou. Afastou-se de novo e o velho não sentiu mais nada.

— Não é possível que tenha ido embora — murmurou o velho. — Deus sabe que não pode ter ido embora. Está dando uma volta. Talvez já tenha alguma vez mordido um anzol e esteja agora se lembrando disso.

Mas, pouco depois, voltou a sentir o peixe. Ficou muito feliz.

— Tinha ido dar uma volta — disse o velho. — Não tarda a morder.

Estava radiante com aquela pressão suave na linha e, passados poucos segundos, sentiu um esticão violento e incrivelmente forte. Era o peso do peixe, e deixou a linha correr para baixo, para baixo, para baixo, desenrolando os dois primeiros rolos de reserva. À medida que ia descendo, deslizando ligeiramente pelos seus dedos, podia ainda perceber o grande peso, embora a pressão no polegar e no indicador fosse quase imperceptível.

— Mas que peixe! — exclamou. — Agarrou o atum e está afastando-se com ele na boca.

"Depois há de parar, dar uma reviravolta e engoli-lo", pensou o velho pescador. Não disse isto em voz alta, porque sabia que, se dissesse uma coisa boa, talvez ela não acontecesse. Estava certo de que se tratava de um peixe enorme e imaginou-o movendo-se na escuridão com o atum atravessado na boca. Sentiu-o parar, mas o peso ainda continuava presente. Depois o peso aumentou e deu-lhe mais linha. Apertou a pressão do polegar e do indicador durante um momento e o peso tornou a aumentar, afastando-se rapidamente para baixo.

— Já trincou a isca! — exclamou o velho, muito feliz. — Agora tenho de deixá-lo comê-la em paz.

Soltou a linha de forma que um bom pedaço deslizasse para a água e com a mão esquerda ligou a ponta dos rolos de reserva à ponta dos dois rolos de reserva das outras linhas. Agora estava pronto. Tinha duzentos e vinte metros de linha de reserva, além do rolo em uso.

— Coma mais um pedaço — pediu ele. — Coma bem.

"Coma-o de maneira que a ponta do anzol lhe espete o coração e o mate", pensou o pescador. "Venha à tona sem grandes dificuldades e deixe-me agarrá-lo com o arpão. Pronto. Está pronto? Já comeu bastante?"

— Agora! — exclamou em voz alta, agarrando a linha com as duas mãos e começando a puxar com força. Recuperou um metro de linha e depois puxou e tornou a puxar, estendendo cada braço alternadamente sobre a linha com toda a força dos músculos e todo o peso de seu corpo bem-equilibrado no banco.

Não aconteceu nada. O peixe deslocou-se lentamente e o pescador não conseguiu içá-lo nem um centímetro. A linha era forte e feita especialmente para suportar o peso de peixes grandes. O velho passou-a pelas costas e aguentou o peso do peixe, esticando-a tanto, que começaram a escorrer-lhe gotas de água pelas costas abaixo. Depois a corda começou a produzir uma espécie de assobio na água e ele continuou a segurá-la, esforçando-se para não ser cuspido do barco e inclinando-se para trás a fim de resistir à pressão. O barco principiou então a mover-se lentamente para nordeste.

O peixe avançava regularmente e foram-se afastando devagar sobre a água calma do mar. O resto da isca ainda estava na água, mas era impossível puxá-la para o barco.

— Gostaria de ter o garoto aqui comigo — falou o velho em voz alta. — Estou sendo rebocado por um peixe e sou eu o poste ao qual está preso o reboque. Podia puxar mais a linha. Mas ela podia partir-se. Preciso aguentar enquanto puder e dar-lhe linha quando for preciso. Graças a Deus que está avançando direito em vez de ir para o fundo.

"Que fazer se ele for para o fundo é que não sei. O que hei de fazer se ele mergulhar ou partir disparado não sei. Mas farei alguma coisa. Há uma porção de coisas que posso fazer."

Continuou com a linha às costas e observou-lhe o declive na água enquanto a embarcação não cessava de se mover lenta, mas regularmente para nordeste.

"Isto acabará por matá-lo", pensou o velho. "Não pode continuar assim toda a vida." Mas quatro horas depois o peixe continuava a nadar compassadamente para o largo, rebocando a embarcação, e o velho continuava firmemente instalado com a linha passada pelas costas e as duas mãos a segurá-la com quanta força tinham ainda seus velhos músculos.

— Era meio-dia quando o fisguei — disse. — E ainda nem sequer o vi.

Puxara o chapéu de palha dura para a frente antes de agarrar o peixe e agora cortava-lhe a testa. Tinha sede também e ajoelhou-se, com cuidado para não balançar a linha, movendo-se com dificuldade para onde estava a garrafa de água que finalmente conseguiu agarrar com uma mão. Abriu-a e bebeu um trago. Depois se encostou ao mastro. Ficou sentado, descansando, e tentou não pensar: apenas aguentar.

Mais adiante olhou para trás e verificou que já não via terra. "Não faz diferença", pensou. "Para voltar posso sempre guiar-me pelo resplendor de Havana. Ainda faltam duas horas para o pôr do sol e pode ser que ele venha à tona antes disso. Senão, pode ser que venha para cima com a lua. E, se isso também não acontecer, pode ser que se decida a vir à tona com o nascer do sol. Não tenho cãibras e sinto-me forte. Quem tem o anzol na boca é ele. Mas que peixe deve ser para puxar desta maneira! Deve ter a boca fechada sobre o anzol. Gostaria de poder vê-lo. Gostaria de vê-lo uma só vez para saber o que tenho pela frente."

O peixe não mudou de rumo ou de direção durante toda a noite, ou, pelo menos, que o pescador, pelo que lhe diziam as estrelas, tivesse notado. Fizera muito frio depois do pôr do sol e o suor secara-lhe nas costas, nos braços e nas velhas pernas, arrefecendo-o ainda mais. Durante o dia tirara o saco que cobria a caixa da isca e estendera-o ao sol para secar. Depois que o sol desaparecera no horizonte, atara-o à volta do pescoço, de forma a cair-lhe sobre as costas, e colocara cuidadosamente um pedaço de pano debaixo da linha, que agora levava presa ao ombro. O saco servia de almofada à linha e o velho descobrira uma forma de se curvar para a frente de encontro ao mastro, de modo que chegava a ser quase confortável. Na realidade, a posição era somente um pouco mais tolerável, mas ele a considerava quase confortável.

"Não posso fazer nada com ele, e ele não pode fazer nada comigo", pensou o velho pescador. "Ou, pelo menos, enquanto continuar com este andamento."

Teve de se levantar uma vez para urinar pela borda fora e aproveitou a ocasião para olhar para as estrelas e saber o rumo em que seguia. A linha parecia um raio de luz fosforescente na água que lhe nascia nos ombros.

Agora iam mais devagar e era menor o clarão da cidade de Havana que se via ao longe. Por isso o velho sabia que a corrente os devia estar levando para leste. "Se o clarão de Havana desaparecer de todo, quer dizer que estamos indo para leste", pensou. "Mas se a direção em que vai o peixe continuar a mesma, deverei avistar o resplendor da cidade durante muitas horas ainda. Quais teriam sido hoje os resultados do beisebol nas ligas principais? Seria maravilhoso se eu tivesse um aparelho de rádio." Depois disse: "Pense constantemente no peixe. Pense no que está fazendo. Você não deve distrair-se nem um minuto."

E em voz alta:

— Gostaria tanto de ter aqui o garoto! Para me ajudar e para ver isto.

"Pessoas da minha idade nunca deviam estar sozinhas", pensou. "Mas é inevitável. Tenho de comer aquele atum antes que comece a luta, para estar forte. Lembre-se de que, mesmo que não tenha fome, você precisa comer de manhãzinha. Lembre-se", repetiu-o em pensamento.

Durante a noite dois porcos-marinhos aproximaram-se do barco e o velho ouviu-os a rolar na água e a soprar com força. Notou a diferença entre o soprar do macho e o da fêmea.

— São bons — murmurou o velho. — Brincam, implicam um com o outro e amam-se. São nossos irmãos, tal como os peixes-voadores.

Depois começou a ter pena do enorme peixe que agarrara. "É maravilhoso e estranho, e quem saberá que idade tem?!", pensou o velho. "Nunca pesquei um peixe tão pesado e tão estranho. Talvez seja muito inteligente para saltar. Podia acabar comigo se saltasse ou caso se lançasse numa disparada louca. Mas talvez já tenha sido enganado outras vezes e saiba que é assim que deve levar a cabo a sua luta. Não tem meios de saber que sou um único homem contra ele, nem que sou apenas um velho. Mas que grande peixe que é ele e que fortuna deve valer no mercado, se tiver boa carne. Agarra na isca como um macho e puxa como um macho, e na sua luta não há pânico. Terá algum plano ou estará tão desesperado como eu?"

Lembrou-se da ocasião em que pescara um casal de espadartes. O peixe macho deixa sempre que a fêmea se alimente primeiro, e de fato assim fora: a fêmea mordeu a isca e, sentindo-se presa, encheu-se de medo, lançando-se numa luta selvagem e desesperada que depressa a cansou. Durante todo esse tempo o macho ficou ao lado dela, atravessando a linha e circundando-lhe em volta à tona da água. Andara tão perto, que o velho chegara a ter medo que ele cortasse a linha com a cauda tão aguçada e quase tão grande como uma foice grande. Quando o velho a enganchou e lhe deu uma série de pancadas que a deixaram quase morta e, depois, com a ajuda do garoto, a içou para bordo, o macho ainda continuou junto ao barco. Depois, quando o velho estava limpando as linhas e preparando o arpão, deu um grande salto no ar, mesmo ao lado do barco, para ver onde estava a fêmea, e voltou a mergulhar nas profundezas, com as asas brancas, as barbatanas peitorais, completamente abertas. E ficou imóvel nessa posição. Era lindo, lembrava-se o velho pescador. E assim permanecera durante muito tempo, de barbatanas abertas, numa posição majestosa e sofrida.

"Foi a coisa mais triste que vi desde que passei a pescá-los", pensou o velho. "O garoto também ficou triste. Pedimos desculpas ao peixe fêmea e o cortamos depressa."

— Gostaria tanto que o garoto estivesse aqui — disse em voz alta. Ajeitou-se de encontro à madeira arredondada do barco, sentindo o peso do grande peixe na linha que aguentava aos ombros, a afastar-se, sempre na direção que escolhera, onde quer que ele estivesse querendo chegar.

"Porque, afinal, foi por causa da minha traição que ele se viu obrigado a escolher um rumo para onde fugir", pensou o velho.

"A sua escolha inicial fora se esconder nas águas escuras e profundas, para além de todos os laços, armadilhas e traições. A minha escolha fora ir procurá-lo onde jamais alguém ousara ir." Sim, onde jamais alguém ousara ir. E agora estavam ligados um ao outro e assim se encontravam desde o meio-dia. E não havia ninguém para ajudar nem a um nem a outro.

"Talvez eu não devesse ter escolhido a vida de pescador", pensou o velho. "Mas foi para isso que nasci. Não posso esquecer-me de comer a albacora logo que amanhecer."

Um pouco antes do nascer do dia alguma coisa mordeu a isca de uma das outras linhas que vinham sendo arrastadas pelo barco. Ouviu a vara partir-se e a linha começar a correr sobre a amurada do barco. Na escuridão tirou a faca da bainha e, com o peso todo do peixe aos ombros, dobrou-se para trás num esforço enorme e cortou a outra linha contra a madeira da amurada. Depois cortou a linha que estava mais perto dele e na escuridão ligou as pontas soltas dos rolos de reserva das duas linhas que cortara. Trabalhava habilidosamente apenas com uma mão pondo o pé sobre os rolos, enquanto apertava os nós com força. Agora tinha seis rolos de reserva que poderia usar na linha que segurava o peixe. Quatro dos rolos eram das linhas que cortara e os outros dois eram da linha que agora usava, e estavam todos amarrados.

"Quando amanhecer", pensou o velho, "tenho de alcançar aquela outra linha de setenta metros, cortá-la também e ligar mais esses dois rolos de reserva. Perderei ao todo uns cento e oitenta metros de bom cordel catalão, além dos anzóis. Mas tudo isso pode ser substituído. E o que poderia substituir este peixe, se outros peixes mordessem o anzol e se enredassem todas as linhas? Não sei que peixe terá há pouco mordido a isca. Podia ter sido um atum ou um dourado ou então um tubarão. Nem cheguei a senti-lo. Tive de soltá-lo depressa demais."

— Gostaria tanto de ter aqui o garoto… — repetiu em voz alta.

"Mas o garoto não está aqui", pensou. "Você só tem a você mesmo e agora o melhor que tem a fazer é chegar àquela outra linha, no escuro ou não, cortá-la e depois ligar os dois rolos de reserva."

E assim fez. Na escuridão era difícil fazê-lo e a certa altura o peixe tomou um impulso repentino que esticou a corda e o atirou ao fundo do barco, ocasionando-lhe um talho debaixo do olho. O sangue correu-lhe pelo rosto abaixo, embora não fosse um ferimento muito grande, e coagulou mesmo antes de chegar ao queixo. O velho ergueu-se, voltou para o banco e encostou-se de encontro à madeira da amurada. Ajustou o saco e, cuidadosamente, moveu a linha de maneira que passasse para o outro lado do ombro e, com ela atravessada pelas costas, sentiu o peso do peixe, que corria cada vez mais depressa. Meteu a mão dentro da água e calculou a velocidade que o barco seguia.

"Gostaria de saber por que é que ele deu aquele salto", pensou o velho. "A linha deve ter escorregado no seu enorme dorso. Mas certamente que as minhas costas estão mais doloridas do que as dele. É impossível que possa continuar a arrastar assim o barco. Mesmo que seja um gigante, não poderá continuar assim durante muito mais tempo. Agora já eliminei tudo que poderia trazer complicações e tenho uma grande reserva de linha. Um pescador não precisa de mais nada."

— Peixe — falou ele —, não o largo enquanto viver.

"E ele também não me abandonará, suponho", pensou o velho, esperando ansiosamente que o dia nascesse. Agora, antes do alvorecer, fazia muito frio e ele se encostou mais ao banco para se aquecer. "Posso aguentar tanto tempo quanto ele", pensou o velho.

Com a primeira luz da manhã, percebeu que a linha se estendia para a seguir mergulhar obliquamente. O barco movia-se muito regularmente e quando o sol apareceu veio-lhe aquecer o ombro direito.

— Vai rumo norte — disse o pescador. "A corrente deve ter nos levado mais para o nascente", pensou. "Gostaria mais se ele estivesse se deixando ir ao sabor da corrente. Isso significaria que já está cansado."

Quando o sol se levantou mais no horizonte, o velho Santiago compreendeu que o peixe ainda não estava cansado. Só havia uma indicação favorável. A inclinação da linha mostrava que ele estava nadando mais à tona. Isso não queria necessariamente dizer que ele fosse saltar ou lutar. Mas podia ser que sim.

— Deus queira que ele salte — disse o velho. — Tenho bastante linha para lhe dar.

"Talvez, se eu aumentar um pouco a pressão, ele se fira e se decida a saltar. Agora que já está dia claro tenho que fazê-lo saltar para que os sacos da espinha dorsal se encham de ar e ele não possa ir para o fundo e morrer lá embaixo."

Tentou aumentar a pressão, mas a linha fora esticada ao máximo desde que agarrara o peixe e ele sentiu a aspereza quando puxou, percebendo que não poderia esticá-la mais. "Não posso agitar a linha", pensou ele. "Cada sacudidela alarga a ferida do anzol que poderá desprender-se quando ele começar a saltar. De todos os modos sinto-me agora melhor com o sol a aquecer-me e sem ter que olhá-lo de frente."

Viam-se algas amarelas agarradas à linha, mas o velho sabia que apenas representavam mais peso para o peixe puxar e este pensamento o deixou contente. Eram algas amarelas da *Gulf Stream*, daquelas que produziam tanta fosforescência durante a noite.

— Peixe — disse o velho —, eu gosto muito de você e o respeito muito. Mas vou matá-lo antes do fim do dia.

"Ou pelo menos assim espero", completou em pensamento.

Um pequeno pássaro, vindo do Norte, veio em direção ao barco. Era uma ave canora e voava muito baixo, quase à tona da água. O velho compreendeu que ela estava muito cansada.

O pássaro conseguiu chegar ao barco e pousou na proa. Depois esvoaçou à volta da cabeça do velho e foi pousar na linha, onde estava mais confortável.

— Que idade você tem? — perguntou o velho à avezinha. — Será esta a sua primeira viagem?

O pássaro olhou para ele quando ouviu sua voz. Estava tão cansado que nem olhou para a linha à qual se agarrou nervosamente, com as delicadas patas, ali ficando a tremer.

— Não tenha medo, a linha está segura, bem segura — disse o velho. — Bastante segura e quieta. Você não devia estar assim tão cansado depois de uma noite sem vento. Por que será que os pássaros vêm para cá?

"Para alimentar os falcões", pensou ele, "que vêm para o mar procurá-los." Mas não disse nada disto à avezinha, que de qualquer modo não podia compreender e que depressa travaria conhecimento com os falcões.

— Repouse bem, pequena ave — aconselhou o velho. — Depois siga viagem e arrisque-se como qualquer homem, pássaro ou peixe.

O velho sentia-se melhor conversando com o pássaro, pois suas costas tinham se endurecido durante a noite e agora doíam de verdade.

— Fique aqui na minha casa se quiser, avezinha. Lamento não poder içar a vela e levá-la para terra com a pequena brisa que está soprando. Mas agora estou com um amigo.

Nesse momento o peixe deu um estição que atirou o velho para a proa e o teria lançado ao mar se ele não se tivesse agarrado com força e dado mais linha rapidamente.

O pássaro levantara voo quando a linha estremeceu e o velho nem sequer o viu desaparecer no céu. Com muito cuidado apalpou a linha com a mão direita e notou que estava sangrando.

— Alguma coisa feriu meu peixe naquele momento — disse em voz alta e puxou a linha para ver se sua presa continuava oferecendo a mesma resistência. Mas quando a linha voltou a esticar-se ao ponto máximo, em que bastava um puxão um pouco mais forte para parti-la, o velho tornou a sentar-se, aguentando a pressão.

— Já está cansando, meu peixe — disse o velho —, e eu, Deus sabe, também estou.

Voltou à procura do pássaro porque gostara da sua companhia. Mas o pássaro tinha desaparecido.

"Você não ficou muito por aqui", pensou o pescador. "Mas até chegar à costa vai apanhar mau tempo por todo o caminho. Como é que eu deixei que o peixe me cortasse a mão com aquele estição súbito? Devo estar ficando muito estúpido. Ou talvez estivesse olhando para o pássaro e pensando nele. Agora tenho de prestar toda atenção ao que estou fazendo; preciso também comer o atum para que não me faltem forças."

— Gostaria tanto que o garoto estivesse aqui e também de ter um pouco de sal...

Mudando o peso da linha para o ombro esquerdo e ajoelhando-se cautelosamente, lavou a mão no oceano e deixou-a ficar, submersa, durante mais de um minuto, observando o sangue que se espalhava pela água e o movimento da água de encontro à mão à medida que o barco avançava.

— Já vai muito mais devagar — disse o velho pescador.

Teria gostado de conservar mais tempo a mão na água salgada, mas tinha medo de que o peixe desse outro estição inesperado e levantou-se a custo, erguendo a mão para o sol. Fora apenas a fricção da linha que lhe ferira a carne. Mas era na parte mais necessária da mão. Sabia que precisaria usar as duas mãos até tudo acabar e não gostou de ter se ferido antes da luta final.

— Agora — murmurou, quando a mão, aquecida pelo sol, secou completamente —, tenho de comer o pequeno atum. Posso puxá-lo com o gancho e comê-lo aqui sem ter de me levantar de novo.

Pegou o gancho, estendeu-o para a popa onde estava o atum e puxou-o para junto de si, tendo cuidado para não embaraçar os rolos de linha. Tornando a colocar a linha sobre o ombro esquerdo e usando o braço esquerdo, tirou o peixe do gancho e tornou a arrumá-lo no seu lugar. Pôs um joelho sobre o atum e começou a cortar desde a cabeça à cauda, tiras longitudinais de carne vermelho-escura. Cortava-as do começo da espinha dorsal até a ourela da barriga. Depois de cortar seis tiras, estendeu-se no fundo da proa, limpou a faca nas calças, pegou na carcaça do peixe pela cauda e atirou-a na água.

— Não me parece que possa comer o peixe todo — disse em voz alta, e passou a faca por uma das tiras. Sentia a pressão contínua da linha e tinha cãibras na mão esquerda. Tinha a mão agarrada à volta da linha, rígida e inerte, e olhou-a com uma expressão aborrecida.

— Que espécie de mão é esta? — perguntou com desprezo. — Toda cheia de cãibras. Até parece uma garra sem vida. Não presta para nada.

"Vamos", pensou, olhando para o declive da linha a mergulhar obliquamente nas escuras águas. "Coma o atum agora para dar mais força às mãos. Aquela mão não tem culpa e já se passaram muitas horas desde que senti o peixe pela primeira vez. Mas, se calhar, terei de andar atrás dele a vida toda. Coma agora."

Pegou numa das tiras e levou-a à boca, mastigando-a lentamente. Não era desagradável.

"Mastigue bem", pensou o velho, "saboreie o suco. Não seria nada mau se pudesse comê-lo acompanhado de limão e sal."

— Como é que você se sente, mão? — perguntou ele à mão tomada de cãibras, tão inerte que parecia de uma rigidez cadavérica. — Vou comer mais por sua causa.

Comeu a outra parte do pedaço que cortara em dois. Mastigou lentamente e depois cuspiu a pele no mar.

— E agora, mão, está melhor? Ou ainda é muito cedo para isso?

Pegou outra tira e meteu-a na boca, mastigando-a cuidadosamente.

— Era um peixe forte e saudável — disse ele. — Tive sorte de apanhá-lo, em vez de um dourado. Os dourados são demasiado doces. Este quase não é doce e tem um sangue fresco e forte.

"Não é bom pensar no que não é possível nem razoável, mas gostaria tanto de ter aqui um pouco de sal! Não sei se o sol secará ou apodrecerá o resto do peixe e o melhor é que eu acabe de comê-lo apesar de não ter fome nenhuma. O peixe agora está mais calmo, nadando mais devagar. Vou acabar de comer e depois terei mais forças para a luta final."

— Tenha paciência, mão — disse ele. — Estou comendo isto para lhe dar forças.

"Gostaria de poder alimentar o peixe", pensou. "Ele é como se fosse meu irmão. Mas tenho de matá-lo e ganhar forças para fazê-lo."

Lenta e conscienciosamente comeu todas as tiras de peixe que restavam.

Endireitou-se, limpando a mão nas calças.

— E agora, mão, você pode largar a linha que vou usar apenas o braço direito até que passe essa estúpida cãibra.

Pôs o pé esquerdo na pesada linha que estivera segura pela mão esquerda e dobrou-se para trás a fim de resistir melhor à sua pressão.

— Deus mande essa cãibra embora, pois não sei o que o peixe vai fazer e como é que vou combatê-lo.

"Mas agora parece calmo", pensou o velho, "e parece seguir um plano bem definido. Que plano será esse?", continuou o velho a pensar. "E qual é o meu plano? O meu terá de ser improvisado conforme ele agir, pois é um peixe muito grande. Se ele saltar, posso matá-lo. Mas ainda nem sequer veio à tona. Por isso é melhor continuar a pensar que não virá para cima tão depressa."

Esfregou a mão da cãibra nas calças e tentou mover os dedos. Mas a mão não queria abrir-se. "Talvez se abra com o sol", pensou. "Talvez se abra quando a carne forte do atum cru for digerida. Se não puder prescindir dela, tenho de abri-la, custe o que custar. Mas por enquanto não quero abri-la à força. Esperarei que se abra naturalmente e recupere a mobilidade por si própria. Afinal de contas, devo reconhecer que abusei dela durante a noite, quando foi necessário desprender e atar as diversas linhas."

Olhou para o mar que se perdia no horizonte e verificou o quanto estava só agora. Só podia ver os prismas na água profunda e a linha estendendo-se à frente do barco e a estranha ondulação calma do mar. As nuvens estavam subindo cada vez mais, por causa da mudança do vento. O velho olhou para o norte e viu um bando de patos bravos delineando-se no céu sobre o mar. Depois desapareceu e tornou a aparecer ao longe. Na verdade, no mar alto, nunca se está completamente só.

Pensou naqueles homens que temiam afastar-se muito da costa num barco pequeno e, nos meses de mau tempo, sabia que tinham razão. Mas agora estava-se em mês de ciclones e, quando não há ciclones, estes meses são os melhores do ano.

"Quando há um ciclone, veem-se sempre sinais no céu alguns dias antes, se se estiver no mar, naturalmente. Em terra firme não os sabem prever porque não conhecem os sinais", pensou ele. "A forma das nuvens também deve ser diferente em terra firme. Mas agora não há o menor sinal de tempestade ou ciclone."

Olhou para o céu e viu os brancos cúmulos amontoados como agradáveis pilhas de sorvetes. Mais para cima, as frágeis plumas dos cirros distinguiam-se nitidamente no céu límpido de setembro.

— Brisa ligeira — disse o velho. — Melhor tempo para mim do que para você, peixe.

Ainda tinha a maldita cãibra na mão esquerda, mas ia recuperando os movimentos lentamente.

"Detesto cãibras", pensou o velho pescador. "É uma traição do corpo. É humilhante ser atacado de diarreia devido a um envenenamento de ptomaínas ou, pela mesma causa, nos vermos obrigados a vomitar." Mas uma cãibra, se não era humilhante ante os outros, humilhava-o diante dele mesmo, muito especialmente quando estava sozinho.

"Se o garoto estivesse aqui, podia friccionar-me a mão e aliviar-me o antebraço", pensou. "Mas espero ficar logo bom."

De repente, sentiu na mão direita uma diferença na pressão da linha, antes de ver a mudança de declive na água. Depois, à medida que se curvava para aguentar melhor a linha e dava socos violentos com a mão esquerda na perna, viu a linha subir lentamente para a tona da água.

— Está subindo! — exclamou o velho. — Vamos, mão. Acorde, por favor.

A linha começou a erguer-se lenta e cautelosamente, e pouco depois a superfície do oceano agitou-se à proa do barco e o peixe apareceu. Apareceu à tona d'água e parecia nunca acabar. A água deslizava-lhe mansamente pelo enorme dorso. Brilhou à luz do sol. A cabeça e o dorso eram purpúreos e as barbatanas abriram-se, imensas, cor de violeta pálida. Tinha a espádua mais comprida do que um *bat* de beisebol, rematada com um estoque, e saiu da água completamente, tornando depois a mergulhar, suavemente, como um mergulhador. O velho viu a cauda em forma de foice desaparecer e começou a dar-lhe linha.

— Tem no mínimo mais setenta centímetros do que o comprimento do barco — murmurou o velho. A linha estava correndo veloz, mas bem firme, e o peixe não parecia aterrorizado. O velho procurava, com as duas mãos, conservar a linha o mais esticada possível, mas sem atingir o limite. Sabia que, se não pudesse diminuir a velocidade do peixe com uma pressão regular, este podia levar toda a linha atrás de si e parti-la.

"É um peixe enorme e tenho de dominá-lo. Não posso deixar que compreenda a força que possui, nem o que poderia fazer se aumentasse a velocidade. Se eu fosse ele, reuniria agora todas as minhas forças e começaria a correr com toda a velocidade até que qualquer coisa se partisse. Mas, graças a Deus, não são tão inteligentes como nós, que os matamos, embora sejam mais nobres e mais valiosos."

O velho já tinha visto muitos peixes grandes. Tinha visto muitos que pesavam mais de trezentos quilos e já pescara dois desses, mas nunca sozinho. Agora, só e tão longe da terra, ia defrontar-se com o maior peixe que lhe fora dado ver em toda a vida e a sua mão esquerda ainda se mantinha cerrada e dura como a garra fechada de uma águia.

"Mas a cãibra não tardará a desaparecer", pensou o velho. "Tem de passar, para que a canhota possa ajudar a direita. Existem três coisas que são irmãs: o peixe e as minhas duas mãos. A cãibra tem de desaparecer. É indigno da mão ter uma cãibra assim."

O peixe abrandara de novo e estava nadando normalmente.

"Por que teria saltado? Quase que diria que veio à tona d'água só para mostrar-me como é grande. Agora já sei, seja lá como for", pensou o velho. "Gostaria de lhe poder mostrar que espécie de homem sou eu. Mas, nesse caso, ele veria a cãibra que tenho. É melhor que ele julgue que valho mais para ter mais possibilidades do meu lado. Gostaria de ser aquele peixe e trocaria de bom grado a minha vontade e a minha inteligência para ter tudo o que ele tem."

Firmou-se confortavelmente de encontro ao banco e ficou à espera, enquanto o peixe nadava lentamente, arrastando o barco pelas águas escuras do mar. O mar começara a agitar-se com o vento que vinha do nascente.

Ao meio-dia a mão esquerda do velho perdeu a rigidez e voltou ao normal.

— Más notícias para você, meu peixe — disse ele, deslocando a linha apoiada no saco sobre os ombros.

Estava bastante confortável, mas sofria, embora não admitisse o menor sofrimento.

— Não tenho grande religião — disse em voz alta. — Mas direi dez Padre-Nossos e dez Ave-Marias se pescar este peixe. Se o agarrar, prometo fazer uma peregrinação à Virgem de Cobre. Prometo.

Começou a rezar quase mecanicamente. Às vezes estava tão cansado que nem podia lembrar-se das orações, e então costumava dizê-las muito depressa para se lembrar delas automaticamente. "As Ave-Marias são mais fáceis do que os Padre-Nossos", pensou.

— Ave-Maria, cheia de graça, o Senhor é convosco. Bendita sois vós entre as mulheres, bendito é o fruto do vosso ventre, Jesus. Santa Maria Mãe de Deus, rogai por nós, pecadores, agora e na hora da nossa morte. Amém. — E depois acrescentou: — Virgem bendita, rogai pela morte daquele peixe, embora ele seja tão belo.

Depois de dizer as suas orações e sentindo-se agora muito melhor, mas sofrendo como antes, talvez mesmo um pouco mais, encostou-se ao banco e começou, mecanicamente, a mover todos os dedos da mão esquerda para que recuperassem a sua agilidade habitual.

O sol estava agora muito quente, embora soprasse uma brisa ligeira.

— É melhor pôr outra isca naquela linha pequena da popa — disse o pescador. — Se o peixe decidir aguentar mais uma noite, tenho que comer de novo, e já tenho a garrafa de água quase vazia. Parece-me que nesta zona só poderei pescar um dourado. Mas, se o comer enquanto estiver bastante fresco, não será lá muito mau. Gostaria que um peixe-voador saltasse para dentro do barco, esta noite. Mas não tenho nenhuma luz para atraí-lo. Um peixe-voador é excelente para se comer cru e não seria preciso cortá-lo. Preciso conservar todas as forças que me restam. Meu Deus, nunca pensei que ele fosse assim tão grande.

"Mas tenho de matá-lo", murmurou o velho. "Em toda a sua grandeza e glória. Embora seja injusto. Mas vou mostrar-lhe o que um homem pode fazer e o que é capaz de aguentar. Eu disse ao garoto que era um velho muito estranho. Agora chegou a hora de prová-lo."

As milhares de vezes que já o demonstrara não significavam nada. Agora ia prová-lo de novo. Cada vez era uma nova vez e, quando o estava fazendo, o velho nunca pensava no passado.

"Gostaria que ele dormisse umas horas para que também eu pudesse dormir e sonhar com os leões", pensou. "Por que é que os leões serão sempre a parte mais importante dos meus sonhos e a recordação que parece ter ficado mais profunda em minha memória? Não pense mais, velho", disse. "Descanse um pouco encostado à madeira do banco e não pense em coisa alguma. Agora é o peixe que está trabalhando. Você, peixe, trabalhe o menos que puder."

Já estava tarde e o barco continuava a avançar lenta e estavelmente. Mas agora o peixe também tinha de lutar contra a brisa do nascente e o velho era transportado sobre pequenas ondas e com a linha atravessada aos ombros, a qual agora o feria menos.

Em determinado momento, durante a tarde, a linha começara de novo a erguer-se. Mas o peixe continuara a nadar normalmente, embora em nível um pouco mais elevado. O sol batia agora no braço, no ombro direito e nas costas do velho. Por isso ele sabia que o peixe virara para nordeste.

Agora que já o tinha visto podia imaginar o peixe nadando com as suas barbatanas peitorais, purpúreas e abertas como duas asas imensas, e a imponente cauda, ereta, cortando a escuridão das águas. "A que distância poderá ele ver naquela escuridão?", pensou o velho. "Tem os olhos enormes, e um cavalo, com olhos muito menores, pode ver bastante bem no escuro. Antigamente eu também via bastante no escuro. Não numa escuridão completa, naturalmente. Mas quase tão bem como um gato."

O sol e os movimentos regulares dos dedos tinham afastado a cãibra completamente e já conseguira recuperar o uso da mão esquerda. Passou um pouco do esforço para essa mão, distendendo os músculos das costas para aliviar a dor que a linha lhe provocava.

— Se ainda não está cansado, peixe — disse em voz alta —, você é, na verdade, um peixe muito estranho.

Sentia-se agora muito cansado e sabia que a noite se aproximava e procurava pensar noutras coisas. Pensou nas ligas principais — para ele eram as *Gran Ligas*. Sabia que os Yankees de Nova York enfrentavam nesse dia os Tigers de Detroit.

"Este é o segundo dia em que fico sem saber os resultados dos jogos", pensou. "Mas preciso ter confiança e ser digno do grande DiMaggio, que faz tudo com perfeição mesmo com a dor da espora do osso no calcanhar. O que será uma espora do osso? *Una espuela del hueso*. Nós não temos disso. Será tão doloroso como a espora de um galo de briga cravada num calcanhar? Não creio que mesmo o DiMaggio pudesse aguentar a perda de um olho ou de ambos e continuar a lutar como o fazem os galos de briga. O homem não vale lá muito comparado aos grandes pássaros e animais. Eu por mim gostaria muito mais de ser aquele peixe lá embaixo na escuridão do mar."

— Exceto se aparecerem tubarões — disse em voz alta. — Se aparecerem tubarões, que Nosso Senhor tenha piedade dele e de mim.

"Será que o grande DiMaggio poderia aguentar um peixe durante tanto tempo quanto o que eu vou levar para aguentar este? Tenho a certeza de que poderia, e até talvez melhor, pois é jovem e vigoroso. E também porque o pai dele era um pescador. Mas talvez a espora do osso o machuque demais."

— Não sei, nunca tive uma espora do osso como ele.

Quando o sol desapareceu no horizonte, o velho Santiago recordou, para tomar mais coragem, aquela vez, em Casablanca, na taberna, quando disputara uma queda de braço com um negro enorme de Cienfuegos, que era o homem mais forte das docas. Haviam ficado um dia e uma noite com os cotovelos assentes sobre um traço de giz feito na mesa, os antebraços eretos e as mãos apertadas. Cada um deles tentava forçar a mão do outro a descer sobre a mesa. Na sala, alumiada por lampiões de querosene, havia muitas apostas entre os assistentes, que entravam e saíam, e durante todo aquele tempo ele estivera com o olhar fixo no braço e na mão do negro e também no seu rosto. Depois das primeiras oito horas tiveram de mudar de árbitros de quatro em quatro horas para que estes pudessem dormir. As unhas dos dedos dele, como também as do negro, tinham-se tornado roxas. Olhavam um para o outro, os olhos nos olhos, e para as mãos e antebraços, enquanto os apostadores entravam e saíam ou sentavam-se nos bancos encostados às paredes para observar a disputa. As paredes eram de madeira, pintadas de azul-claro, e os lampiões nelas projetavam as sombras dos dois homens de encontro ao tom azul-claro. A sombra do negro era enorme e movia-se na parede à medida que a brisa fazia balouçar os lampiões.

As apostas pendiam ora para um, ora para o outro e variavam durante toda a noite. Os assistentes alimentavam o negro com rum e davam-lhe cigarros já acesos. Então o negro, depois do rum, fazia um esforço tremendo e de uma feita quase derrotara o velho, que naquela ocasião não era velho, mas sim Santiago, *El Campeón*, forçando-lhe a mão a ceder alguns centímetros. Mas Santiago resistira e levara de novo a mão à posição vertical. Estava certo de que podia bater o negro, embora este fosse um grande atleta e muito forte. E quando surgiu a luz do dia e os apostadores gritavam para que fosse dado empate e o árbitro já estava abanando a cabeça, o velho reunira todas as energias que lhe restavam e forçara a mão do negro para baixo, mais para baixo, até encostá-la à madeira da mesa. O desafio começara num domingo de manhã e terminara numa segunda-feira de madrugada. Muitos dos apostadores tinham pedido um empate porque precisavam ir para o trabalho nas docas, onde carregavam sacos de açúcar ou fardos mais pesados da *Companhia de Carvão Havana*. De outra forma estariam todos de acordo em que a disputa continuasse. De qualquer modo, Santiago pusera termo à coisa antes que os trabalhadores tivessem de ir às suas fainas.

Durante muito tempo, depois disso, toda a gente o tratara por *O Campeão* e na primavera houvera um desafio de desforra. Mas dessa vez houve poucas apostas e o velho venceu sem dificuldade, pois abalara a confiança do negro de Cienfuegos no primeiro encontro. Mais tarde tivera outros desafios com outros homens e, depois, abandonara tais disputas. Compreendera que podia vencer qualquer um deles se realmente desejasse e chegara à conclusão de que lhe podiam estragar a mão direita para a pesca. Tentara, com a mão esquerda, alguns desafios de experiência. Mas a mão esquerda fora sempre uma traidora e nunca fazia o que ele desejava, razão por que jamais confiava nela.

"O sol a curou e deve estar boa agora", pensou o velho. "Não devo ter mais cãibras, a não ser que faça muito frio durante a noite. O que esta noite me trará?", perguntou em pensamento o velho pescador.

Um avião passou por sobre a sua cabeça, a caminho de Miami, e o velho observou que a sombra do aparelho assustara um cardume de peixes-voadores que nadavam a alguma distância do barco.

— Com tantos peixes-voadores deve haver dourados nas redondezas — disse em voz alta. E puxou a linha com força para tentar levar a melhor sobre o peixe. Mas não conseguiu nada e a linha ficou tão esticada que teve medo de que se partisse. O barco continuava a avançar lentamente e o velho ficou observando o avião até que deixou de vê-lo por completo.

"Deve ser muito estranho voar num avião. Que aparência terá o mar visto daquelas alturas? Quando não voam muito alto, devem poder ver os peixes com facilidade. Eu gostaria de ir num avião muito devagar, a uns duzentos metros de altura, e ver os peixes lá de cima. Quando trabalhava nos barcos de tartaruga, ficava de serviço nas forquetas dos brandais do mastro principal e mesmo dessa altura podia ver muita coisa. Os dourados parecem mais verdes vistos do alto e é fácil ver as listras e as manchas purpúreas que têm. Conseguia assim ver todos os peixes dos cardumes. Por que será que todos os peixes mais rápidos das correntes escuras têm dorsos purpúreos e geralmente listras ou manchas também purpúreas? O dourado parece verde porque, na realidade, é dourado. Mas quando, verdadeiramente faminto, se alimenta, aparecem-lhe listras purpúreas nos lados, tal como sucede com os espadartes. Será a fome ou a velocidade enorme com que nadam o que produz essas listras?"

Um pouco antes de escurecer de vez, quando passavam por uma grande ilha de algas de sargaço que balouçava sobre as ondas, o anzol de linha mais curta foi mordido por um dourado. Viu-o pela primeira vez quando saltou, muito dourado, na escassa claridade que restava, contorcendo-se e batendo desnorteadamente no ar. Saltou repetidas vezes, de terror, e o velho dirigiu-se com dificuldade para a popa, encolhido e segurando na linha com a mão e o braço direito. Puxou o dourado com a mão esquerda, colocando o pé sobre a linha que ia puxando para o barco. Quando o peixe galgou a amurada, debatendo-se com desespero, o velho estendeu o braço e atirou-o para dentro do barco com força. O peixe contorcia-se e batia com a cauda dourada nas tábuas do barco, arremessando-se de encontro à amurada com fúria e terror. Então, o velho deu-lhe uma grande martelada na cabeça, o peixe estremeceu e a seguir ficou imóvel na coberta da embarcação.

O velho desprendeu o anzol do dourado, tornou a colocar outra sardinha e atirou a linha para o mar. Depois, lentamente, voltou para o seu lugar à proa. Lavou a mão esquerda e enxugou-a nas calças. Em seguida mudou a pesada linha da mão direita para a mão esquerda e lavou a mão direita no mar, enquanto examinava o céu onde agora desapareciam os últimos vestígios da luz do dia, ao mesmo tempo que observava a inclinação da linha na água.

— Nada mudou — falou em voz alta.

Mas, sentindo o movimento da água na mão, notou que iam um pouco mais devagar.

— Vou pôr os dois remos cruzados na proa e o peixe terá de abrandar a velocidade durante a noite — disse o velho. — Ele deve querer descansar e eu também.

"Seria melhor limpar o dourado para aproveitar o sangue da carne", pensou. "Poderei fazer isso mais tarde e, ao mesmo tempo, ferrar os remos para abrandar a velocidade. Agora não devo incomodar o peixe nem perturbá-lo no começo da noite. A caída da noite é um momento difícil para todos os peixes."

Agitou a mão no ar para que secasse e depois agarrou na linha e instalou-se da melhor forma possível, deixando que a pressão da linha o empurrasse de encontro à madeira de forma que o barco oferecesse tanta resistência, ou mais, do que ele próprio.

"Estou aprendendo o que devo fazer", pensou. "Ou pelo menos esta parte da tarefa. Além disso, lembre-se de que ele ainda não comeu desde que mordeu aquela isca e é um peixe enorme que precisa de muito alimento. Eu comi um atum pequeno, inteiro. Amanhã comerei o dourado." Chamava-o *dorado*. "Talvez fosse melhor comer um pedaço agora, quando o limpasse. Será pior de comer do que a albacora. Mas, afinal, nada há que seja fácil na vida."

— Como se sente, meu peixe? — perguntou em voz alta. — Eu me sinto bem, a mão esquerda está melhor e tenho comida para mais uma noite e um dia. Carregue o barco, peixe.

Mas, na verdade, ele não se sentia muito bem, por causa da grossa linha atravessada nas costas, que quase não sentiam mais a dor, e estava com uma sonolência que não lhe agradava. "A mão direita tem apenas um pequeno ferimento e a esquerda já se livrou por completo da cãibra. As pernas estão bem. Também levo vantagem sobre o peixe quanto a alimento."

Já estava escuro, pois em setembro a noite cai muito depressa, logo a seguir ao pôr do sol. Continuava encostado à madeira da proa e descansava tanto quanto lhe era possível. As primeiras estrelas mostravam-se no céu. Não sabia bem os nomes das estrelas, mas as conhecia e sabia que dentro de pouco tempo apareceriam todas e teria o conforto da companhia daquelas amigas tão distantes.

— O peixe também é meu amigo — disse em voz alta. — Nunca vi ou ouvi falar de um peixe desse tamanho. Mas tenho de matá-lo. É bom saber que não tenho de tentar matar as estrelas.

"Imagine o que seria se um homem tivesse de tentar matar a lua todos os dias", pensou o velho. "A lua corre depressa. Mas imagine só se um homem tivesse de matar o sol. Nascemos com sorte."

Depois teve pena do enorme peixe que não tinha nada para comer, mas a sua determinação de matá-lo jamais arrefeceu, mesmo naquele momento de compaixão. "Quantas pessoas ele irá alimentar? Mas serão merecedoras de um peixe assim? Não, claro que não. Ninguém merece comê-lo, tão grande a sua dignidade e tão belo o seu modo de agir."

"Não compreendo estas coisas", pensou ele. "Mas é bom que não tenhamos de tentar matar a lua, o sol ou as estrelas. Já é ruim o bastante viver no mar e ter de matar os nossos verdadeiros irmãos."

"Agora", continuou ele a cogitar, "preciso pensar no travão. Tem os seus perigos e as suas vantagens. Arrisco perder tanta linha que acabaria perdendo o peixe, também, caso ele resolva lutar e o travão improvisado, com os remos firmados, torne o barco pesado demais. O pouco peso do barco tem prolongado o sofrimento de nós dois, mas trata-se da minha salvação, porque ele dispõe de enorme velocidade e de uma força que ainda não empregou. Além de tudo e aconteça o que acontecer, preciso limpar o dourado para que não se estrague e comer um pedaço para me manter em forma."

"Agora descansarei durante mais uma hora e, depois de verificar se ele continua sem alteração, irei até a popa para limpar o dourado e tomar uma decisão. Enquanto isso, vou observar a sua maneira de agir e certificar-me de que ele não está preparando alguma novidade. Os remos são um bom truque, mas chegou o momento de evitar qualquer risco desnecessário. Ainda é um peixe muito forte e eu notei que o anzol estava preso a um canto da boca e ele a tem conservado fechada durante todo esse tempo. A dor do anzol não conta. A dor da fome — e nisso defronta-se com uma sensação que desconhece — é que é tudo. Descanse agora, velho, e deixe-o trabalhar até que chegue o momento de você entrar em ação."

Repousou confortavelmente durante um período que julgou ser de duas horas. A lua, nesta altura do ano, só se levantava mais tarde, e não tinha meio de saber as horas com exatidão. Na verdade descansava muito relativamente. Ainda estava aguentando com a pressão da linha nos ombros, mas colocara a mão esquerda na amurada da proa e cada vez mais ia confiando ao barco a resistência do peixe.

"Como tudo isto seria simples se pudesse esticar mais a linha", pensou ele. "Mas qualquer pequeno puxão podia parti-la. Preciso aconchegar a pressão da linha ao meu corpo e estar pronto, a qualquer momento, a dar linha com as duas mãos."

— Mas você ainda não dormiu, meu velho — disse o pescador. — Já se passaram meio dia e uma noite, e agora outro dia e você ainda não dormiu. Precisa descobrir uma forma de poder dormir um pouco se o peixe estiver calmo. Se não dormir, pode ficar tonto ou perder a vista, de que tanto vai precisar.

"Mas agora ainda tenho a mente bem clara. Muito clara. Estou tão claro como as estrelas, minhas irmãs. Mas, mesmo assim, preciso dormir. As estrelas dormem e a lua e o sol também dormem e mesmo o oceano também dorme às vezes, nos dias em que não há corrente e em que fica muito calmo."

"Mas lembre-se de que precisa dormir. Procure um meio que lhe permita dormir, mas de maneira que acorde se a linha se mover. Agora vá à popa e prepare o dourado. É muito perigoso ferrar os remos à proa, se vai dormir."

"Podia manter-me acordado", prosseguiu, em pensamento. "Mas seria demasiadamente perigoso."

Começou a arrastar-se para a popa, de joelhos e apoiando-se nas mãos, tendo o cuidado de não balançar a linha. "Pode ser que ele esteja dormindo", pensou o velho. "Mas não quero que ele descanse. Tem de puxar até morrer."

Quando já estava na popa, voltou-se de maneira que a mão esquerda suportasse o peso da linha nos ombros e puxou a faca com a mão firme. As estrelas estavam agora muito brilhantes e enxergava o dourado com facilidade. Enterrou-lhe a faca na cabeça e puxou-o mais para junto de si. Pôs um pé em cima do peixe e fendeu-o rapidamente, da cabeça à cauda. Depois largou a faca e limpou-o com a mão direita, deixando-o bem limpo, arrancando-lhe as barbatanas. Sentiu o pesado e escorregadio estômago na mão e abriu-o ao meio. Lá dentro encontrou dois peixes-voadores. Estavam frescos e duros, e o velho estendeu-os na coberta, atirando as tripas e as barbatanas para o mar. Mergulharam na água, deixando um rasto fosforescente atrás de si. O dourado estava frio e tomara uma cor cinzento-pálida à luz das estrelas. O velho esfolou um dos lados do peixe, firmando a cabeça com um pé. Depois, voltou-o e esfolou o outro lado cortando duas tiras laterais da cabeça à cauda.

Lançou a carcaça pela borda fora e olhou para ver se havia algum redemoinho na água. Mas só viu a luz de sua lenta descida. Depois, voltou-se e colocou os dois peixes-voadores entre os dois filés de peixe e, embainhando a faca, voltou ao seu posto, na proa da embarcação. Avançava a custo com as costas curvadas por causa do peso da linha e puxava o peixe com a mão direita.

De volta à proa, estendeu os dois filés na coberta com os peixes-voadores dispostos ao lado. Depois arranjou a linha nas costas numa posição diferente e firmou-a de novo com a mão esquerda apoiada na amurada. Curvou-se para a água e lavou os dois peixes-voadores, sentindo a velocidade do barco na sua mão direita. Tinha a mão fosforescente de ter limpado o peixe e examinou o remoinho das águas em redor da mão.

A corrente estava mais fraca e, à medida que esfregava a mão de encontro ao casco da embarcação, pequenas partículas fosforescentes flutuavam na água e eram arrastadas para a popa do barco.

— Ou já está cansado ou então está repousando — disse o velho. — Agora preciso comer um pouco deste dourado e depois procurar dormir para descansar também.

À luz das estrelas e com a noite esfriando cada vez mais, comeu metade de um dos filés do dourado e um dos peixes-voadores, limpo e com a cabeça cortada.

— Que bom peixe é o dourado quando cozido — disse. — Mas cru, como é horrível e repugnante! Nunca mais venho para o mar sem sal ou limão.

"Se eu fosse inteligente, teria espalhado água pelo convés durante todo o dia e ela, secando, deixaria um pouco de sal", pensou o velho pescador. "Acontece que quando apanhei o dourado já era quase noite. Mas, apesar disso, foi um descuido imperdoável. É verdade que o mastiguei bem e não senti nenhuma náusea."

O céu se cobria de nuvens para os lados do nascente e, uma após outra, todas as estrelas que ele conhecia foram desaparecendo. Parecia que ele ia em direção a uma grande montanha de nuvens e o vento abrandara.

— Vai haver mau tempo daqui a uns três ou quatro dias — disse o velho. — Mas não hoje nem amanhã.

Agora, meu velho, deite para dormir um pouco, enquanto o peixe está calmo e descansando.

Apertou a linha com força na mão direita e encostou-se à perna, pondo todo o peso do corpo contra a madeira da proa. Depois, deslocou a linha nos ombros um pouco mais para baixo e colocou a mão esquerda numa posição que aliviava um pouco a pressão da linha.

"Assim, a minha mão direita pode aguentar melhor a linha", pensou o velho. "Se eu adormecer, a minha mão esquerda poderá acordar-me, caso a linha se estique mais. Mas isto é muito duro para a mão direita, embora esteja habituada a tal esforço. Mesmo que durma só vinte minutos ou meia hora, já é muito bom." Curvou-se para a frente com a linha suportando-lhe o peso do corpo e, com a pressão quase toda sobre a mão direita, adormeceu.

Não sonhou com leões, mas sim com um grande cardume de porcos-marinhos que se estendia por uma zona de oito ou dez milhas e que estavam no período de acasalamento, saltando para fora da água e tornando a cair exatamente no mesmo buraco da água de onde tinham saído.

Depois sonhou que estava na aldeia, na sua cama, e que havia uma nortada e estava muito frio, e tinha o braço direito dormente porque a cabeça estava em cima dele em vez de em cima da almofada.

Mais tarde começou a sonhar com as extensas praias amarelas e viu o primeiro leão sair da floresta na escuridão da noite; depois apareceram os outros leões, e o velho apoiou o queixo na madeira da proa do navio que estava ancorado ao largo, na brisa da noite, e ali ficou à espera de ver mais leões, sentindo-se feliz e confortado.

A lua já se tinha erguido no céu havia muito, mas ele continuou a dormir e o peixe continuava a puxar, arrastando o barco por entre os túneis de nuvens.

Acordou com uma sacudida do pulso direito que bateu no rosto e com a linha queimando-lhe a mão direita. Não sentia nada na mão esquerda, mas, servindo-se apenas da mão direita, deixou-a correr para o mar. Finalmente a mão esquerda encontrou a linha e ele se encostou para trás de encontro à linha que também, agora, lhe queimava as costas. A mão esquerda, que estava suportando toda a pressão, sangrava abundantemente. Olhou para os rolos de reserva e viu que estavam desenrolando suavemente sem se enredarem. Nesse momento o peixe saltou, abrindo uma enorme caverna no oceano, e depois tornou a cair pesadamente. Depois saltou outra vez e outra vez ainda, com o barco avançando a grande velocidade, embora a linha estivesse correndo para o mar também a grande velocidade. Mas o velho procurava mantê-la esticada ao máximo, puxando e puxando, porém sem deixar de dar linha sempre que necessário. Fora arrastado com violência de encontro à proa e não podia mover-se.

"Era disto que estávamos à espera", pensou. "Vamos ao trabalho, então. Obriga-o a pagar pela linha. Obriga-o a pagar."

Não podia ver o peixe saltando e só ouvia o oceano abrindo-se e o estrondo das pesadas ondas ao cair. A velocidade da linha cortava-lhe as mãos, ferindo-o bastante, mas já sabia que isso ia acontecer e procurou conservar a linha nas partes calejadas da mão, não permitindo que corresse pela palma ou pelos dedos.

"Se o garoto estivesse aqui, podia molhar os rolos de linha", pensou. "Se o garoto estivesse aqui. Sim, se o garoto estivesse aqui."

A linha corria e corria para o mar, só que um pouco mais devagar agora, e ele fazia o peixe pagar por cada centímetro de linha que lhe dava. Enfim, conseguia levantar a cabeça de debaixo da proa e libertar-se um pouco da pressão que o esmagava de encontro à amurada. Pôs-se de joelhos e depois se levantou lentamente. Estava cedendo linha, mas cada vez menos. Moveu-se a custo para se aproximar dos rolos de linha, de maneira que pudesse tocar com o pé no rolo que não podia ver. Ainda havia muita linha e agora o peixe tinha que puxar também por toda aquela linha que correra para o mar naqueles últimos minutos.

"Sim", pensou o velho. "Agora que já saltou mais de uma dúzia de vezes e encheu de ar os sacos ao longo do dorso, já não poderá ir morrer no fundo, de onde eu jamais poderia içá-lo. Dentro em pouco começará a descrever círculos e depois tenho de começar a manobrá-lo. Que é que teria feito com que ele começasse a lutar tão repentinamente? Teria sido a fome que o desesperou ou ter-se-ia assustado com qualquer coisa na escuridão da noite? Talvez tivesse sentido medo de repente. Mas era um peixe tão calmo e tão forte, e parecia tão confiante e corajoso. É estranho."

— O melhor é você também ser corajoso e confiante, velho — disse o pescador em voz alta. — Está outra vez segurando-o, mas não pode recuperar a linha que deixou correr para o mar. Ele vai começar a descrever círculos dentro de pouco tempo.

O velho, que o estava aguentando com a mão esquerda e os ombros, curvou-se para molhar a mão direita e lavar o rosto com um pouco de água. Quando caíra de encontro à proa, sujara-o no resto do dourado estendido na coberta e agora receava ter náuseas e vomitar, perdendo assim as forças de que tanto necessitava. Quando acabou de lavar o rosto, limpou a mão direita e deixou-a ficar na água salgada enquanto observava a primeira claridade do nascer do dia. "Vai quase direto ao nascente", pensou o velho. "Isso quer dizer que está cansado e se deixa ir ao sabor da corrente. Terá de começar a descrever círculos dentro de pouco tempo. Então é que começo a trabalhar de verdade."

Quando achou que a mão direita já estivera imersa na água por bastante tempo, levantou-a e examinou-a.

— Não está em muito mau estado — falou o velho. — E a dor não tem importância para um homem.

Pegou na linha cuidadosamente com a mão direita, de maneira que ela não penetrasse em nenhum dos cortes recentes que lhe causara, e mudou de posição para que pudesse pôr a mão esquerda na água do outro lado da embarcação.

— Para quem tem fama de inútil, você não se portou lá muito mal — disse, olhando para ela. — Mas houve um momento em que eu não conseguia encontrá-la.

"Por que não nasci com duas mãos boas?", pensou o velho. "Talvez seja eu o culpado, por não treinar esta mão como devia. Mas Deus sabe quantas oportunidades ela tem tido de aprender. Não se portou assim tão mal durante a noite e somente teve uma cãibra. Se tornar a ter cãibra, deixe que a linha a corte à vontade."

Quando sentiu a cabeça menos lúcida, Santiago decidiu que precisava comer mais um bocado do dourado. "Não posso", refletiu, entretanto, em pensamento. "É melhor ter a cabeça um pouco confusa do que perder as forças por causa das náuseas. E sei que vou vomitar se o comer depois de ter sujado o rosto nele. Vou guardá-lo para uma emergência, até que se estrague. Além disso, já é demasiado tarde para ganhar forças por meio de alimentos. Você é um estúpido", pensou. "Coma o outro peixe-voador."

Estava ali, limpo e pronto, e o velho pegou com a mão esquerda e começou a comê-lo, mastigando as espinhas cuidadosamente. Comeu-o todo, da cabeça à cauda.

"Melhor alimento do que qualquer outro peixe", pensou o velho. "Pelo menos a espécie de alimentação de que preciso. Já fiz o que tinha a fazer. Agora é esperar até que ele comece a descrever círculos e aguardar o começo da luta."

O sol estava nascendo pela terceira vez desde que se fizera ao mar quando o peixe começou a nadar em círculos.

Não podia ver, pela direção da linha, que o peixe estava nadando em círculos. Ainda era muito cedo para poder vê-lo. Apenas sentia uma pequena perda de pressão na linha e começou a puxá-la com a mão direita. Estava esticada, como sempre, mas quando chegou ao ponto em que podia partir-se o peixe começou a ceder. O velho passou a linha por cima da cabeça e dos ombros, e com as duas mãos começou a puxar segura e suavemente. Empregava as duas mãos num movimento oscilatório e tentava pôr grande parte da força no corpo e nas pernas. Suas velhas pernas e as costas não paravam de balançar com as oscilações dos puxões.

— Está descrevendo círculos muito grandes — disse, em voz alta. — Mas está circulando.

Depois não conseguiu recuperar mais linha. Segurou-a, até que o sol nasceu, e viu a água escorrendo por todo o comprimento dela. Em seguida, o peixe tornou a afastar-se, pedindo mais linha, e o velho ajoelhou-se, deixando-a correr para o mar de má vontade.

— Agora está percorrendo a parte mais afastada do círculo — disse ele. — Preciso aguentar o mais possível. A pressão encurtará os círculos cada vez mais. Talvez consiga vê-lo dentro de uma hora. Tenho de dominá-lo primeiro e depois matá-lo.

Mas o peixe continuou a descrever círculos lentamente e o velho estava todo molhado de suor. Duas horas mais tarde sentia-se profundamente cansado. Os círculos eram, porém, muito mais curtos, e pela forma como a linha mergulhava na água o velho sabia que o peixe vinha mais para cima à medida que nadava em redor do barco.

Durante esta última hora, o velho notara que tinha a vista turvada com pontos negros e que o sal lhe queimara os olhos e o ferimento do rosto. Não se assustara com esses pontos negros. Eram normais com o enorme esforço que fazia havia tantas horas, aguentando a pressão do peixe na linha. Sentira-se também, por duas vezes, estonteado e fraco, e era isso que mais o preocupava.

— Seria absurdo que eu traísse a mim próprio e morresse com um peixe destes nas mãos — disse. — Agora que estou quase dando cabo dele e que tudo está correndo bem, só peço que Deus me dê forças para aguentar. Rezarei uma centena de Padre-Nossos e uma centena de Ave-Marias. Mas não posso rezar agora.

"É como se já os tivesse rezado", disse. "Mas rezarei mais tarde."

Pouco depois sentiu uma sacudidela na linha que segurava com as duas mãos. Fora uma sacudidela violenta, dura e pesada.

"Está batendo com o estoque no arame da extremidade da linha", pensou. "Já estava à espera disso. Não podia deixar de fazê-lo. É capaz de saltar de novo e eu preferia que ele continuasse descrevendo círculos. Os saltos são necessários para que o peixe possa tomar ar. Mas cada salto pode alargar a ferida do anzol e eu não quero que ele se liberte."

— Não salte, meu peixe — disse o velho. — Não salte.

O peixe bateu no arame várias vezes, e o velho, de cada vez que balançava a cabeça, dava-lhe um pouco mais de linha.

"Preciso evitar que a dor dele aumente", pensou o velho. "A minha, não importa. A minha, eu posso suportar. Mas a dor dele pode enlouquecê-lo."

Passados alguns instantes, o peixe deixou de bater no arame da linha e começou novamente a descrever círculos. O velho estava agora recuperando linha, de forma regular. Mas sentiu nova tontura. Molhou a mão esquerda na água e levou-a à cabeça. Em seguida tornou a molhar a cabeça e friccionou o pescoço.

— Não tenho nenhuma cãibra — disse em voz alta.
— Ele não tardará a vir à tona e eu poderei resistir. Tenho de aguentar. Não posso sequer pensar em fraquejar.

Ajoelhou-se à proa e, durante um momento, tornou a colocar a linha aos ombros. "Agora descanso um pouco enquanto ele se afasta no círculo, depois levanto-me e começo a faina quando ele voltar para mais perto do barco", decidiu o velho.

Era uma grande tentação ficar ali descansando e deixar o peixe descrever outro círculo sem ganhar linha. Mas, quando a pressão na linha indicou que o peixe estava se aproximando do barco, o velho levantou-se e começou a bracejar e a puxar com força para recuperar o máximo de linha.

"Nunca estive assim tão cansado em toda a minha vida", pensou o velho. "Agora estão se levantando os ventos alísios. Mas isso até será bom para me ajudar a puxá-lo. Este ventinho me convém muito mesmo."

— Descansarei um pouco no próximo círculo, quando ele se afastar — falou o velho em voz alta. — Já me sinto muito melhor. Com mais dois ou três círculos, apanho-o.

O chapéu de palha tinha-lhe caído para trás e o velho chocou-se contra a proa com a pressão causada na linha pelo peixe ao voltar-se.

"Trabalhe você agora, meu peixe. Eu trabalho depois."

O mar estava agora muito mais agitado. Mas era por causa de uma ligeira brisa, da qual mais tarde iria precisar para voltar para a costa.

— Bastará que eu aponte o barco para o sul e poente — disse o pescador. — Um homem nunca se perde no mar e a minha ilha é grande.

O peixe ia no seu terceiro círculo quando o velho o viu aparecer à tona d'água.

Viu primeiro uma sombra escura que levou uma infinidade de tempo a passar por debaixo do barco. Quase não podia acreditar no seu comprimento.

— Não! — exclamou o velho. — Não é possível que tenha esse tamanho todo.

Mas era de fato gigantesco e, quando acabou de descrever o círculo, veio à superfície apenas a uns trinta metros do barco, e o velho Santiago viu a enorme cauda completamente fora d'água. Era mais comprida do que a lâmina de uma grande foice e adquirira um tom violeta sobre o mar azul-escuro. Agitava-se violentamente e, quando o peixe começou a nadar quase à tona, o velho examinou-lhe o volumoso corpo e as manchas purpúreas na pele. Trazia a barbatana dorsal fechada, mas as peitorais estavam completamente abertas, agitando a água convulsivamente em movimentos desordenados.

Neste círculo, o velho conseguiu ver perfeitamente os olhos imensos do peixe e também dois pequenos peixes cinzentos que lhe nadavam em volta. Às vezes quase que se encostavam nele. Outras vezes afastavam-se precipitadamente. Também os viu nadando nervosamente na sua sombra. Cada um deles tinha uns trinta centímetros de comprimento e, quando nadavam mais depressa, moviam todo o corpo como as enguias.

O velho estava transpirando muito, mas não era só por causa do sol. Em cada uma das lentas voltas que o peixe dava, o velho ganhava linha e estava certo de que, dentro de duas voltas, poderia ter uma oportunidade para usar o arpão.

"Tenho de fazer com que ele se aproxime mais, mais, mais", pensou. "E não devo tentar a cabeça. Tenho de atirar no coração."

— Tenha calma e encha-se de força, meu velho — falou o pescador.

No círculo seguinte o dorso do peixe estava à tona d'água, mas ainda bastante afastado do barco, e o velho confiava em que, se recuperasse um pouco mais de linha, poderia trazê-lo para junto da embarcação.

Preparara já o arpão de há muito, e o rolo de linha especial estava dentro de um cesto redondo, a ponta atada ao poste da proa.

O peixe estava regressando de seu círculo agora calmo e majestoso, movendo apenas a barbatana caudal. O velho puxou a linha com todas as forças que lhe restavam para aproximá-lo mais. Durante um curto momento o peixe voltou-se de lado. Depois se endireitou e afastou-se para começar outro círculo.

— Consegui puxá-lo um pouco! — exclamou o velho. — Eu consegui!

Sentia agora muita tontura e estava a ponto de perder os sentidos, mas conseguiu aguentar o peixe com toda a força que ainda lhe restava. "Consegui", pensou ele. "Talvez consiga agarrá-lo desta vez. Puxem, mãos", continuou a pensar. "Aguentem, pernas. Faça-me o favor de conservar-se lúcida, cabeça. Aguentem para me fazer um favor. Nunca me traíram. Desta vez vou agarrá-lo."

Mas quando tornou a puxar com todas as forças, começando bastante antes de o peixe chegar perto da embarcação e pondo todas as suas energias no puxão, o peixe cedeu um pouco. A seguir tornou a retomar o equilíbrio e afastou-se.

— Peixe! — gritou-lhe o velho. — Peixe, de qualquer modo você tem de morrer. Acha que precisa matar-me também?

"Não, desta maneira não se consegue nada", pensou o velho. Tinha a boca seca demais para falar, mas agora não podia tirar água do mar para molhá-la. "Desta vez tenho de trazê-lo para junto do barco. Já não sou capaz de aguentar muitos outros círculos. Sim, você pode. Pode aguentar durante toda a vida."

No círculo seguinte quase o agarrou. Mas de novo o peixe se refez e nadou para longe.

"Você está me matando, peixe", pensou o velho pescador. "Mas tem o direito de fazê-lo. Nunca vi nada mais bonito, mais sereno ou mais nobre do que você, meu irmão. Venha daí e mate-me. Para mim tanto faz quem mate quem, por aqui."

"Já agora, velho Santiago, você está ficando com a cabeça muito confusa. Você precisa conservar-se lúcido. Conserve-se lúcido e aprenda a sofrer como um homem. Ou como um peixe."

— Desperte, cabeça — disse numa voz que mal se podia ouvir. — Desperte.

O peixe descreveu mais dois círculos e tornou a suceder a mesma coisa.

"Eu não sei", pensou o pescador. Das duas vezes o velho sentira-se quase desmaiando. "Eu não sei. Mas tentarei mais uma vez."

Tentou mais uma vez e, quando conseguiu virar o peixe de lado, sentiu-se de novo quase desmaiando. O peixe endireitou-se e afastou-se lentamente, com a grande cauda batendo no ar.

"Tentarei mais uma vez", prometeu o velho, embora tivesse agora as mãos ensanguentadas e só pudesse ver bem por instantes.

Tentou outra vez e sucedeu exatamente o mesmo. "Assim", pensou ele, e sentiu-se desmaiando mesmo antes de recomeçar a puxar. "Vou tentar outra vez."

Esqueceu a dor e reuniu as poucas forças que lhe restavam, apelando para o seu orgulho, que já o deixara havia horas. Pôs toda a sua alma no puxão e na agonia do peixe, que veio para junto do barco, nadando suavemente com o seu estoque quase tocando a madeira da embarcação, e começou a passar na água, longo, profundo, largo, prateado, com manchas purpúreas, interminável.

O velho soltou a linha, pôs-lhe o pé por cima, erguendo o arpão tão alto quanto lhe era possível, e cravou-o para baixo com toda a força, aquela força para a qual acabara de apelar. Conseguiu espetar o peixe de lado, junto da grande barbatana peitoral que se erguia no ar quase à altura do peito de um homem. Sentiu o ferro entrar e apoiou-se nele, empurrando-o para baixo, e deixando que o peso do seu corpo fizesse o arpão enterrar-se mais e mais profundamente.

Então o peixe voltou à vida já com a morte nele e ergueu-se no ar mostrando o seu enorme comprimento e a sua enorme largura e todo o seu poder e toda a sua beleza. Parecia flutuar no ar, por cima do velho. Em seguida caiu n'água com um estrondo que lançou uma torrente de água sobre o barco e o pescador.

O velho sentia-se tonto e agoniado, e não podia ver bem. Mas limpou a linha do arpão e a fez deslizar pelas mãos em carne viva e, quando recuperou a vista completamente, verificou que o peixe estava flutuando sobre o dorso, a barriga prateada virada para cima. A ponta farpeada do arpão projetava-se em ângulo no dorso do peixe e o mar estava colorido com o sangue vermelho do seu coração. Primeiro a água se tornara muito escura naquele mar tão azul com mais de uma milha de profundidade. Depois se espalhou como uma nuvem. O peixe era prateado e estava imóvel, flutuando ao sabor das ondas.

O velho pescador observou atentamente aquela visão que se lhe apresentava. Em seguida enrolou um pedaço da linha do arpão no poste da proa e tapou o rosto com as mãos.

— Que a minha cabeça se conserve lúcida — murmurou, encostando-se à madeira da proa. — Eu sou um velho muito cansado. Mas matei este peixe que era meu irmão e agora tenho de fazer o trabalho dos escravizados.

"Agora preciso preparar os laços e a corda para prendê-lo ao barco", pensou. "Mesmo que fôssemos dois homens aqui e o virássemos para pô-lo cá dentro, e esvaziássemos o barco, afundaríamos com o peso. Tenho de preparar tudo, encostá-lo ao barco, prendê-lo bem, fixar o mastro e tomar a direção para a costa."

Começou a puxar o peixe para trazê-lo para junto da embarcação e poder passar-lhe um cabo pelas barbatanas e pela boca, e também atar bem a cabeça ao costado. "Quero vê-lo bem", pensou o velho, "e tocá-lo e senti-lo. É a minha única fortuna. Mas não é por isso que quero senti-lo. Parece-me que lhe senti o coração quando empurrei o arpão pela segunda vez. Vou trazê-lo agora para junto do barco e atá-lo forte, passando-lhe um laço pela cauda e outro pelo meio para encostá-lo bem."

— Trabalha, velho — falou ele e bebeu um pouco de água da garrafa que estava quase vazia. — Há muito trabalho de escravizados a realizar, agora que a luta terminou.

Olhou para o céu e depois para seu peixe. Examinou o sol com atenção. "Não passa muito do meio-dia", pensou. "E o vento está virando. Agora não preciso mais me preocupar com as linhas. O garoto e eu podemos juntá-las depois em terra."

— Vamos, peixe — disse o velho. Mas o peixe não veio. Em vez disso, continuava a flutuar no mar e o velho pescador teve de levar a embarcação para junto dele.

Quando chegou ao lado dele e a cabeça do espadarte ficou junto do costado, o velho não quis acreditar no seu tamanho. Desprendeu a linha do arpão do poste, passou-a pelas barbatanas do peixe, deu-lhe uma volta pela espada e em seguida passou a linha pela outra barbatana, deu outro nó na espada e atou a linha duas vezes, prendendo-a com força ao poste da proa. Cortou o resto da linha e foi à popa para laçar a cauda. O peixe tornara-se prateado, em vez do original tom purpúreo e prateado que tivera antes, e as listras haviam tomado a mesma cor violeta-pálida da cauda. Eram manchas maiores do que a mão de um homem com os dedos abertos e os olhos do peixe pareciam tão destacados como a parte superior de um periscópio ou um santo numa procissão.

— Era a única maneira possível de matá-lo — disse o velho. Sentia-se melhor desde que bebera a água. Sabia que já não perderia os sentidos e tinha a cabeça bastante lúcida.

"Com o tamanho que tem, deve pesar mais de quinhentos quilos. Talvez muito mais. Quanto renderá, se aproveitar dois terços a sessenta centavos o quilo?"

— Preciso de um lápis para fazer a conta — disse o velho. — Não tenho a cabeça boa para contas. Mas penso que o grande DiMaggio se orgulharia muito de mim, hoje. Não tenho esporas no osso. Mas as costas e as mãos doem-me de verdade. Gostaria de saber o que é uma espora de osso. Talvez eu tenha uma sem saber.

Prendeu o peixe fortemente à proa, à popa e ao banco transversal. Era tão grande que mais lhe parecia estar atando à sua embarcação um barco muito maior. Cortou um pedaço de linha e amarrou a mandíbula inferior à espada para que a bocarra não pudesse abrir e navegassem da melhor maneira possível. Depois fixou o mastro e, com a vara que fazia de carangueja e com os botalós armados, içou a vela. O barco começou a mover-se, e com a popa meio metida na água dirigiu-se para o sudoeste.

Não precisava de uma bússola para lhe indicar o sudoeste. Só precisava sentir os ventos alísios e o enfunar da vela. Seria bom lançar uma linha pequena na água com um anzol giratório para pescar qualquer coisa para comer. Mas não conseguiu encontrar nenhum anzol e as sardinhas já estavam estragadas. Por isso, com o arpão enganchou um molho das algas amarelas do golfo e agitou-o fortemente para que os pequenos camarões que ali se haviam abrigado caíssem na coberta do barco. Havia mais de uma dúzia deles e começaram todos a saltar como pulgas da areia. O velho arrancou-lhe as cabeças com o polegar e o dedo indicador, e comeu-os, mastigando também as cascas e as caudas. Eram muito pequenos, mas deliciosos, além de constituírem ótimo alimento.

Ainda lhe restava um pouco de água na garrafa e bebeu a metade, depois de comer os camarões. A embarcação estava navegando bastante bem, levando em conta as desvantagens, e ele ia apontando o barco com o leme debaixo do braço. De onde se encontrava podia ver o peixe e tinha apenas de olhar para as mãos e sentir as costas apoiadas à popa para saber que aquilo acontecera de verdade e não era um simples sonho. Certo momento, quando estava sentindo-se muito mal, quase no fim da luta, pensara que talvez se tratasse de um sonho. Depois, quando viu o peixe dar o salto final e erguer-se no ar, ficando como que suspenso por cima dele, tivera a certeza de que havia qualquer coisa muito estranha ali e não podia acreditar. Mas então quase não via nada e agora via tão perfeitamente como sempre.

Agora sabia que o peixe estava de fato ali e as mãos e as costas não eram nenhum sonho. "As mãos curam-se depressa", pensou o velho. "O sangue limpou-as e o sal da água fará com que cicatrizem. A escura água do golfo é o melhor remédio para isso. Tudo o que preciso fazer é conservar a cabeça lúcida. As mãos cumpriram a sua obrigação e estamos navegando bem. Com a sua boca fechada e a enorme cauda erguendo-se no ar, navegamos os dois como irmãos." Começou a sentir-se de novo tonto e perguntou a si próprio: "Será ele que me está arrastando ou serei eu que o estou rebocando? Se eu fosse atrás dele, a reboque, não haveria dúvida. O mesmo sucederia se o peixe estivesse dentro do barco, com toda a sua dignidade derrotada: dessa forma também não haveria a menor dúvida." Mas estavam navegando os dois juntos, ligados um ao outro, e o velho pensou: "Deixe que seja ele que esteja rebocando, se isso lhe agrada. Só consegui ser melhor do que ele por uma traição e ele não me desejava nenhum mal."

Estavam navegando bem e o velho molhava as mãos na água e tentava manter-se lúcido. Por cima deles viam-se cúmulos e cirros, e o velho sabia que isso queria dizer que a brisa duraria a noite toda. O velho pescador olhava constantemente para o peixe para ter a certeza de que era de verdade. Já havia decorrido uma hora quando o primeiro tubarão o atacou.

O esqualo não viera por acaso. Viera das profundezas da água, quando a nuvem escura de sangue se espalhara pelo mar que tinha uma milha de profundidade. O tubarão subira depressa, sem o menor cuidado, e, quando veio à tona da água, brilhou inesperadamente ao sol. Em seguida tornara a mergulhar no mar e começara a nadar em perseguição da embarcação e do peixe.

Perdera a pista mais de uma vez. Mas a encontrava logo a seguir, ou pelo menos uma indicação vaga da pista, e retomava seu avanço com velocidade e avidez em direção ao barco. Tratava-se de um tubarão *mako* muito grande e que podia nadar mais depressa do que qualquer outro peixe do mar. Tudo nele era lindo, exceto as mandíbulas. O dorso era muito azul, a barriga prateada e a pele muito linda e macia. Tinha a forma de um peixe-espada, com exceção das enormes mandíbulas que agora estavam cerradas fortemente enquanto nadava a grande velocidade, mesmo sob a superfície do mar, com a imensa barbatana dorsal cortando a água vertiginosamente. Tratava-se de um peixe habituado a alimentar-se de todos os outros peixes, mesmo dos que fossem também muito fortes e estivessem bem-armados, pois nenhum deles podia resistir a tão terrível inimigo. Agora aumentara a velocidade, pois sentira o cheiro da presa que perseguia, e a sua barbatana dorsal cortava a água celeremente.

Quando o velho o viu aproximar-se, compreendeu logo que se tratava de um tubarão que não temia coisa alguma e que faria exatamente o que lhe apetecesse. Preparou o arpão e atou a linha com força, enquanto observava o tubarão cada vez mais próximo. A linha era muito curta, pois lhe faltava o pedaço que cortara para prender o espadarte ao costado do barco.

A cabeça do velho estava agora bem desanuviada e lúcida, e ele se sentia cheio de coragem, mas com poucas esperanças. "Fora bom demais para durar", pensou ele. Olhou para o grande peixe e viu que o tubarão se aproximava. "Afinal, podia ter sido um sonho", pensou o velho. "Não posso impedi-lo de nos atacar, mas talvez possa cravar o arpão. Mas que enorme *dentuso*!"

O tubarão veio pela popa e, quando atacou o espadarte, viu-se-lhe a boca abrir-se e os estranhos olhos e o ruído das mandíbulas fecharem-se sobre a presa, próximo da cauda. A cabeça do tubarão surgia fora d'água e agora o dorso também aparecia... e o velho podia ouvir o ruído da carne e da pele do grande peixe rasgando-se quando, com todas as forças que lhe restavam, cravou o arpão na cabeça do tubarão. O arpão penetrou no ponto em que a linha entre os olhos se cruzava com a linha que vinha direta do nariz. Essas linhas não existiam. Só se viam a grande cabeça azul e os imensos olhos e o ruído das mandíbulas enormes e selvagens. Mas o cruzamento dessas linhas imaginárias determinava a localização do cérebro, e o velho acertou-o em cheio. Acertou-o, empunhando o arpão com aquelas duas mãos em carne viva e pondo nele todas as forças que conseguiu reunir. Acertou-o, sem grande esperança, mas com firme decisão.

O tubarão voltou-se — o velho viu que os seus olhos estavam mortos — e depois tornou a voltar-se para o outro lado, envolvendo-se por duas vezes na linha. O velho sabia que o tubarão estava bem morto, mas o tubarão, ele mesmo, não queria acreditar. Em seguida, deitado sobre o dorso, com a cauda agitando-se nervosamente e as mandíbulas abrindo-se e fechando-se, o tubarão lançou-se para a frente, rodopiando tal como se fosse um barco de corrida. A água tornara-se branca no lugar onde a cauda batera vertiginosamente, e três quartos do seu corpo estavam quase fora da água quando a linha se esticou, estremeceu e partiu. O tubarão permaneceu imóvel à tona d'água durante alguns minutos e o velho fixava-o com o olhar. Depois se voltou de lado e começou a submergir no mar, lentamente.

— Abocanhou uns quinze quilos de carne! — exclamou o velho. — Levou-me o arpão e toda a linha, e agora o meu peixe está sangrando de novo e não tardarão a vir outros tubarões.

Não lhe agradava olhar para o peixe agora que estava mutilado. Quando o tubarão mordeu o peixe, era como se tivesse mordido a ele próprio.

"Mas matei o tubarão que atacou o meu peixe", pensou o pescador. "E era o maior *dentuso* que vi até hoje. E Deus sabe que tenho visto muitos e grandes."

"Era bom demais para durar. Gostaria que, afinal, houvesse sido tudo um sonho e que nunca tivesse pescado o peixe e que estivesse agora na minha cama deitado em cima dos meus velhos jornais."

— Mas o homem não foi feito para a derrota — disse em voz alta. — Um homem pode ser destruído, mas nunca derrotado.

"Tenho pena de ter matado o peixe", pensou o velho. "Agora é que vai ser pior e nem sequer tenho um arpão. O *dentuso* é cruel e habilidoso, forte e inteligente.

Mas eu fui mais inteligente do que ele. Talvez não", pensou. "Talvez fosse só por estar mais bem-armado."

"Mas eu preciso pensar", refletiu o velho. "É tudo o que me resta. Pensar — e o beisebol. Gostaria de saber o que é que o grande DiMaggio teria achado da maneira como lhe acertei na cabeça. Não foi uma façanha extraordinária", disse. "Qualquer homem poderia ter feito o mesmo. Mas teria o estado das minhas mãos sido tão desvantajoso como as tais esporas do osso? Não tenho como saber. Nunca tive nada no calcanhar, exceto daquela vez em que ia nadar e pisei num peixe-aranha que me picou e me paralisou a parte inferior da perna, provocando-me aquela dor insuportável."

— Pense em qualquer coisa mais agradável, meu velho — falou ele. — Cada minuto que passa o leva para mais perto da costa. Você navega mais depressa com a perda daqueles quinze quilos.

Sabia muito bem o que lhe poderia acontecer quando alcançou a parte interior da corrente. Mas não podia fazer nada para evitá-lo.

— Sim, isso mesmo — falou o velho. — O melhor é atar a faca à extremidade de um dos remos.

E assim fez, com o leme debaixo do braço e a borda da vela debaixo do pé.

— Agora — disse o pescador. — Não passo de um velho, mas ainda estou armado.

A brisa estava muito fresca e navegavam bastante bem. Observava apenas a parte da frente do peixe e sentia-se mais confiante.

"É uma estupidez não ter esperança", pensou. "Além disso acho que é um pecado perder a esperança. Mas não devo pensar em pecados. Já tenho problemas demais para começar a pensar em pecados. Para dizer a verdade, também não compreendo bem o que são os pecados."

"Não os compreendo nem sei bem se acredito neles. Talvez fosse um pecado ter matado o peixe. Suponho que sim, embora a carne fosse para me conservar a vida e para alimentar muita gente. Mas então tudo é pecado. Não pense no pecado, meu velho. É demasiado tarde para isso e há pessoas cujo ofício é esse. Deixe que sejam eles a pensar nos pecados. Você nasceu para ser um pescador, tal como o peixe nasceu para ser peixe. S. Pedro era pescador, assim como o era o pai do grande DiMaggio."

Mas o velho gostava de pensar em todas as coisas que o cercavam e, como não tinha nada para ler e nem sequer possuía um aparelho de rádio, pensava muito e continuava a pensar nos pecados. "Mas você não matou o peixe apenas para conservar-se vivo e o vender para alimento", pensou ele. "Matou-o por orgulho e porque é um pescador. Amava o peixe quando estava vivo, afinal ainda o ama morto. Se o ama, com certeza que não foi pecado matá-lo. Ou será ainda pior?"

— Você pensa demais, velho — disse.

"Mas sentiu prazer em matar o *dentuso*", pensou. "Ele também vive dos outros peixes, tal como eu. Não é um peixe que se alimenta de carne estragada, nem mata por capricho, como certos tubarões fazem. É belo e nobre e não tem medo de nada, de nada mesmo."

— Matei-o em legítima defesa — explicou o velho. — E matei-o bem.

"Além disso", pensou, "tudo mata tudo de uma maneira ou de outra. Pescar mata-me tal como me faz viver. O garoto é que me mantém na vida", pensou. "Não devo ter muitas ilusões."

Debruçou-se para fora do barco e agarrou um pedaço de carne que ficara meio solto no ponto onde o tubarão trincara. Mastigou e notou que era de primeira qualidade e de excelente sabor. Era dura e sumarenta, tal como carne de mamífero, mas não vermelha. Não tinha fibras e o velho sabia que conseguiria o preço mais alto no mercado. Mas não havia como manter aquele aroma fora da água e o velho sabia que alguma coisa muito má estava se aproximando.

A brisa mantinha-se firme. Tinha virado um pouco para nordeste e o velho sabia que isso queria dizer que iria conservar-se assim. O pescador perscrutava o horizonte, mas não conseguia divisar nenhuma vela, nem sequer o rasto ou a fumaça de um navio. Só via peixes-voadores que lhe saltavam à proa de um lado para o outro do barco e as manchas amarelas das algas.

Já navegava havia duas horas, descansando à popa e mastigando, por vezes, um pedaço de carne de peixe, tentando repousar e recuperar as forças, quando viu o primeiro dos dois tubarões.

— *Ay!* — exclamou ele, em voz alta.

Falara em espanhol, pois não conhecia nenhuma outra palavra que melhor exprimisse os seus sentimentos nesta situação.

— *Galanos* — continuou ele em voz alta. Tinha agora visto a segunda barbatana por detrás da outra e já identificara os atacantes como tubarões de espécie diferente da do anterior por causa das barbatanas triangulares e pelos movimentos das caudas. Tinham farejado o peixe, estavam muito excitados e, na estupidez da sua grande fome, só se preocupavam com o cheiro, não sabendo sequer ao certo onde se encontrava a presa que o desprendia. Mas aproximavam-se cada vez mais.

O velho apanhou o saco e com ele firmou o leme. Depois pegou no remo que tinha a faca atada na ponta. Levantou-o com cuidado, pois as mãos ainda lhe doíam muito. Em seguida fechou e abriu as mãos no remo para lhes dar vida. Apertou-as com força para que se habituassem à dor e não afrouxassem. Olhou para os tubarões que se aproximavam. Agora já podia ver-lhes as cabeças enormes, em forma de martelo, e as barbatanas peitorais brilhando ao sol. Eram tubarões idosos, malcheirosos, assassinos e comedores de carne podre, e, quando tinham fome, eram capazes até de morder os remos ou o leme de um barco. Eram estes tubarões que costumavam cortar pernas e as barbatanas das tartarugas quando dormiam à tona d'água, e, se tivessem fome, atacariam um homem na água mesmo que ele não tivesse o cheiro do sangue de peixe.

— *Ay!* — exclamou de novo o velho. — *Galanos.* Venham, *galanos*.

E vieram. Mas não vieram como o anterior. Um voltou-se e desapareceu por debaixo da embarcação, e o velho sentiu o barco estremecer enquanto o tubarão puxava pelo peixe. O outro tubarão ficou observando o velho com olhos amarelos muito cruéis e depois se atirou rapidamente, com a bocarra aberta, para trincar o peixe onde já lhe faltava um pedaço. A linha imaginária era bem visível no alto de sua cabeça castanha, no ponto onde o cérebro se juntava com a espinha dorsal, e foi onde o velho enterrou a faca presa ao remo, depois a puxou e tornou a enterrá-la, desta vez entre os olhos do tubarão. O tubarão largou o peixe e escorregou, engolindo o que mordera à medida que morria.

O barco continuava estremecendo com a destruição que o outro tubarão estava fazendo no espadarte e o velho largou a vela para que a embarcação oscilasse para um lado e deixasse à vista o tubarão que se escondera debaixo dela. Quando o viu, debruçou-se para a água e espetou-lhe a faca. Apenas conseguiu atingir a carne. A pele era tão dura que a faca mal lhe entrou no corpo. A pancada lhe ferira não somente as mãos, mas também os ombros. O tubarão veio logo à superfície com a cabeça fora d'água e o velho o atingiu bem no centro entre a cabeça e o nariz, no momento em que saía da água e avançava contra o peixe. O velho desenterrou a faca e tornou a mergulhá-la de novo no mesmo ponto. O tubarão ainda continuava agarrado ao peixe, trincando com as mandíbulas, e o velho deu-lhe um golpe no olho esquerdo. O tubarão largou o peixe.

— Ainda não? — perguntou o velho. E enterrou a faca entre as vértebras e o cérebro. Fora um golpe fácil e certeiro, e sentiu a cartilagem separar-se. Pegou no remo pela outra ponta e meteu-o na bocarra do tubarão para fazer com que largasse o peixe. Torceu a pá do remo e, quando o tubarão se desprendeu, o velho disse-lhe:

— Vá-se embora, *galano*. Vá para o fundo do mar. Vá ver o seu amigo ou talvez se trate de sua mãe.

O pescador limpou a lâmina da faca e arrumou o remo. Depois esticou a vela, que se encheu de vento, e a embarcação retomou o seu rumo primitivo.

— Deve ter levado um quarto do peixe e da carne da melhor parte — disse em voz alta. — Gostaria tanto que isto tudo fosse um sonho e que nunca o tivesse pescado. Tenho muita pena de você, meu peixe. Não queria que as coisas se passassem assim.

Parou de falar e não quis tornar a olhar para o peixe. Coberto de sangue e imundo, o peixe parecia ter a cor de prata enodoada das costas de um espelho e mesmo assim as suas manchas ainda se ressaltavam.

— Não devia ter vindo tanto para o largo, peixe — falou o velho. — Nem você nem eu. Desculpe-me, peixe.

"Agora, meu velho", disse em pensamento, "examine a corda em torno da faca e veja se está cortada. Depois cuide das mãos porque ainda hão de vir outros."

— Gostaria de ter uma pedra para afiar a faca — disse o velho depois de examinar os nós da ponta do remo. — Devia ter trazido uma pedra. "Sim, você devia ter trazido muitas coisas", pensou. "Mas não as trouxe, velho. Agora não é o momento de pensar naquilo que você não tem. Pense antes no que pode fazer com aquilo que tem."

— Você está sempre me dando conselhos — disse em voz alta. — Estou farto de conselhos.

Prendeu o leme debaixo do braço e meteu as mãos na água enquanto a embarcação cortava o mar.

— Deus sabe toda a quantidade de carne que este último levou — disse ele. — Mas agora o barco está muito mais leve.

Não queria pensar no peixe mutilado que ia amarrado ao barco. Sabia que cada uma das sacudidelas provocadas pelo tubarão significava carne arrancada e que agora o peixe devia estar largando um rasto para outros tubarões. Era como se estivesse traçando uma longa estrada no mar.

"Era um peixe que podia ter alimentado um homem durante todo o inverno", pensou o velho. "Não pense mais nisso. Fique descansando e conserve as mãos em forma para defender o que resta da sua carne. O cheiro do sangue das minhas mãos agora nada significa, com todo este odor de peixe na água. Além disso, não estão sangrando tanto assim. Não tenho nenhum ferimento que seja perigoso. Pode ser que o sangue impeça a mão esquerda de voltar a ter uma cãibra."

"Em que é que poderei pensar agora?", perguntou-se. "Em nada. Não tenho de pensar em nada e sim esperar pelos próximos tubarões. Gostaria que tudo isto tivesse sido um sonho. Mas, quem sabe? Podia ser que as coisas tivessem corrido melhor."

O tubarão que apareceu a seguir vinha sozinho e era da mesma espécie dos outros. Veio tal como um porco que se atira para a comida, se um porco tivesse uma boca tão grande que lá coubesse a cabeça de um homem. O velho deixou que ele mordesse o peixe e depois lhe enterrou a faca na cabeça. Mas o tubarão virou para trás, voltando-se, e a lâmina da faca partiu-se.

O velho instalou-se no banco com a mão no leme. Nem sequer olhou para o grande tubarão que mergulhava lentamente na água, desaparecendo aos poucos até se tornar um ponto minúsculo. Essa visão costumava fascinar o velho. Mas agora ele nem sequer o olhou.

— Só me resta o gancho — disse. — Mas não servirá para nada. Tenho dois remos, o leme e o pequeno martelo.

"Agora estou derrotado", pensou ele. "Sou muito velho para conseguir, com marteladas, matar um tubarão. Mas continuarei a lutar enquanto tiver os dois remos, o martelo e o leme."

Tornara a enfiar as mãos na água para lavar os ferimentos. A tarde estava quase no fim e continuava a ver apenas o mar e o horizonte. Havia mais vento no céu do que antes e esperava ver terra dentro de pouco tempo.

— Você está cansado, velho — disse ele. — Está cansado por dentro.

Os tubarões não voltaram a atacar até o pôr do sol.

O velho viu as barbatanas castanhas seguirem o comprido rasto deixado pelo peixe na água. Nem sequer vinham atrás do cheiro nem à procura de onde ele partia. Vinham direto para a embarcação, nadando lado a lado.

Tornou a prender o leme, puxou a vela e foi buscar o martelo na popa. Era um martelo que não era bem um martelo e que mais se parecia com um cajado. Era a pega de um remo serrado com talvez uns setenta centímetros de comprimento. Só podia empregá-lo com uma das mãos, pois o cabo era muito curto, e agarrou nele firmemente com a mão direita, abrindo e apertando a mão à medida que os tubarões se aproximavam.

"Preciso deixar que o primeiro trinque o peixe e depois bato-lhe na ponta do focinho ou talvez no meio da cabeça", pensou.

Os dois tubarões aproximaram-se e quando viu o primeiro abrir a bocarra e trincar a carne do peixe ergueu o cajado e desferiu-lhe violenta pancada na cabeça. Quando o cajado acertou no tubarão, sentiu a rigidez do osso e deu-lhe outra pancada no focinho assim que o viu largar o peixe. O outro tubarão também mordera o peixe e estava de novo mordendo-o com a enorme boca aberta. O velho podia ver pedaços de carne caírem do canto das mandíbulas quando lhe bateu. Deu-lhe uma pancada na cabeça e o tubarão olhou para ele e soltou o peixe. O velho acertou-o com o cajado outra vez quando ele se voltou para engolir, mas não conseguiu atingir o osso, pois sentiu apenas a resistência de carne mole.

— Vamos, *galano* — disse o velho. — Venha morder outra vez.

O tubarão atirou-se à frente e o velho acertou-o quando ele cerrou as mandíbulas. Bateu nele com toda a força e toda a gana, erguendo o cajado o mais alto que lhe foi possível. Desta vez sentiu o osso na base do crânio e tornou a bater no mesmo lugar, enquanto o tubarão arrancava a carne e se soltava do peixe.

Esperou que o tubarão voltasse a atacar, mas nenhum deles tornou a aparecer. Pouco depois viu um deles à tona d'água nadando em círculos. Não viu a barbatana do outro.

"Não esperava mesmo conseguir matá-los", pensou. "Teria conseguido, nos velhos tempos. Mas, mesmo assim, eu os feri bastante e nenhum deles deve sentir-se muito bem. Se tivesse um cajado maior, que pudesse segurar com as duas mãos, teria matado o primeiro, com certeza. Mesmo sendo um velho."

Não queria olhar para o peixe. Sabia que pelo menos metade já fora devorada. O sol descera no horizonte enquanto ele lutava com os dois tubarões.

— Daqui a pouco estará escuro — disse em voz alta. —Então poderei ver o resplendor da cidade de Havana. Se estou mais para o nascente do que julgo, então verei as luzes de uma das novas praias.

"Já devo estar bastante perto", pensou o velho pescador. "Espero que ninguém se tenha afligido demasiado.

Só o garoto é que deve estar preocupado, naturalmente. Mas tenho certeza de que Manolin confia em mim. Alguns dos pescadores de mais idade também devem estar preocupados. E talvez muitos outros. O pessoal da minha aldeia é gente boa." Agora já não podia conversar com o peixe, pois este estava reduzido a pedaços. Depois teve uma ideia.

— Meio peixe — falou ele. — Peixe que você já foi. Sinto muita pena de termos chegado a isto. A culpa foi minha. Arruinei a nós dois. Mas matamos alguns tubarões, você e eu, e ferimos muitos outros. Quantos teria você matado, velho peixe? Não é sem razão que tem essa espada na cabeça.

Gostava de pensar no peixe e no que ele podia fazer a um tubarão se estivesse nadando livremente. "Devia ter-lhe cortado a espada para me servir dela contra os tubarões", pensou.

Mas não tinha nada com que cortá-la e agora nem sequer a faca possuía.

"Mas se a tivesse", pensou, "e pudesse tê-la atado à ponta do remo, que arma não seria essa espada! Então talvez pudéssemos tê-los enfrentado os dois juntos. Que pode você fazer agora, se eles atacarem durante a noite? O que é que você fará?"

— Lute! — exclamou. — Lute até morrer.

Mas agora já estava escuro e não se via nenhum resplendor nem luzes, só sentia o vento e a força insistente da vela, e julgou que talvez já estivesse morto. Juntou as mãos e sentiu as palmas. Não estavam mortas e podia sentir a dor da vida ao abri-las e fechá-las. Encostou-se para trás de encontro à popa e verificou que não estava morto. Os ombros diziam-lhe bem, com a dor que irradiavam.

"Tenho que rezar todas aquelas orações que prometi se apanhasse o peixe", pensou o velho. "Mas agora estou muito cansado. É melhor pegar o saco e pô-lo nas costas."

Deitou-se na popa com o leme seguro debaixo do braço e ficou à espera de ver no céu o resplendor da cidade. "Mesmo assim trago metade do peixe", pensou o velho. "Pode ser que tenha a sorte de trazer a parte da frente. Mereço ter um pouco de sorte. Não... Você violou a sua sorte quando se afastou tanto da costa."

— Não seja estúpido — disse em voz alta. — Não adormeça e preste atenção ao leme. Ainda pode ser que venha a ter muita sorte. Gostaria de comprar um pouco de sorte se houvesse algum lugar onde a vendessem.

"Mas com que poderia eu comprá-la?", perguntou em pensamento. "Poderia comprá-la com um arpão perdido, com a faca partida ou com estas duas mãos em carne viva?"

— Talvez — respondeu em voz alta. — Você tentou comprá-la com oitenta e quatro dias no mar. Quase que lhe venderam.

"Não posso continuar a pensar nestes disparates. A sorte é uma coisa que vem de muitas formas, e quem é que pode reconhecê-la? Por mim aceitaria um bocado de sorte fosse qual fosse a forma como viesse e pagaria o que me pedissem por ela. Gostaria de poder ver o brilho das luzes. Estou sempre desejando coisas. Mas essa é a que mais desejaria agora."

Tentou instalar-se mais confortavelmente para poder segurar melhor no leme, e pela dor que os movimentos lhe causavam sabia que não estava morto.

Deviam ser umas dez da noite quando viu o reflexo das luzes da cidade. Primeiro, mal as pôde enxergar, depois se tornaram mais nítidas, espalhando-se pelo oceano que estava agora mais agitado por causa do vento que aumentara naquela última hora. Apontou a embarcação para o brilho das luzes e achou que dentro em pouco estaria na corrente.

"Acabou-se", pensou. "Pode ser que voltem a me atacar. Mas o que é que um homem pode fazer contra eles no escuro e sem armas?"

Sentia-se entorpecido e dolorido; os ferimentos e as partes doídas do corpo magoavam-no com o frio da noite. "Tenho esperanças de não ser obrigado a lutar outra vez", pensou o velho. "Tenho tantas esperanças de não ter de voltar a lutar."

Mas pela meia-noite teve de lutar e desta vez sabia que a luta era inútil. Vieram todos juntos e o velho só conseguia distinguir as barbatanas na água e a fosforescência que produziam quando se atiravam ao peixe. Pegou no cajado e começou a bater a torto e a direito, ouvindo o barulho das mandíbulas arrancando pedaços de carne e sentindo a embarcação estremecer a cada vez que os tubarões mordiam o peixe. Lançava e tornava a lançar o cajado com desespero àquilo que apenas podia sentir e ouvir, e depois sentiu alguma coisa agarrar no cajado e levá-lo para o mar.

Com uma sacudidela soltou o leme do varão onde estava preso e começou a bater e a golpear com ele, segurando-o com as duas mãos e desfechando pancadas sobre pancadas. Mas agora os tubarões atacavam o peixe todo da popa à proa, lançando-se sobre ele todos juntos, arrancando pedaços de carne que brilhavam debaixo da água quando eles voltavam para morder de novo.

Um dos tubarões trincou a cabeça do espadarte e o velho soube então que tudo acabara. Bateu com o leme na cabeça desse tubarão quando o viu com as mandíbulas agarradas à cabeça do peixe, que não queria soltar. Bateu uma, duas, três vezes. Ouviu o estalo do leme que se partia e continuou a atacar a fera com o pedaço de madeira que lhe ficara na mão. Sentiu que acertara em cheio e desfechou outra pancada. O tubarão largou a presa e voltou-se de lado. Era o último tubarão do compacto grupo que desfechara aquele ataque. Afastaram-se todos, pois já não havia mais nada para comer.

Agora o velho mal podia respirar e sentia na boca um gosto estranho. Era um gosto de cobre, ao mesmo tempo doce, e durante um instante assustou-se. Mas não durou muito.

Cuspiu no oceano e disse:

— Comam isso, *galanos*. E saibam que mataram um homem.

Reconheceu que estava completamente derrotado, já não havia remédio possível. Voltou-se para a popa e verificou que o pedaço de leme que ainda segurava na mão podia ajustar-se no varão de madeira o suficiente para poder dirigir o barco, embora com dificuldade. Colocou o saco nos ombros e aproou para a costa. Navegava com rapidez, pois a embarcação estava leve, e ia sem pensamentos nem sentimentos de nenhuma espécie. O velho pescador já ultrapassara todas as forças e conduzia a embarcação para o posto de abrigo instintivamente, da melhor maneira que lhe era possível. Durante a noite alguns tubarões atacaram a carcaça, mas afastaram-se ao verificar que já não lhe restava nenhuma carne. O velho não lhes deu a menor importância. Na realidade, não dava importância a nada, exceto à direção da embarcação. Só reparava na leveza e na velocidade do barco, agora que não tinha de arrastar o peso do peixe.

"É um bom barco", pensou. "É muito resistente e não ficou avariado em nada, exceto no leme, naturalmente. Isso pode ser facilmente consertado."

Agora sabia que já se encontrava na corrente que conduzia à terra firme e podia ver as luzes das praias ao longo da costa. Sabia onde se encontrava, e chegar à sua praia era agora fácil.

"O vento é o nosso bom amigo, seja lá como for", pensou. "Às vezes", acrescentou em seguida. "E o grande mar, com os nossos amigos e inimigos. E a cama", acrescentou em pensamento. "A cama é minha amiga. De cama é que eu preciso. Espero por ela com uma grande impaciência. É fácil quando se está vencido", pensou o velho pescador. "Eu nunca tinha sido derrotado e não sabia como era fácil. E o que me venceu?", pensou ele.

— Nada — disse em voz alta. — Fui longe demais.

Quando a embarcação entrou no pequeno porto, as luzes da Esplanada estavam apagadas e o velho sabia que já estavam todos deitados. A brisa tinha-se levantado e agora já soprava com bastante força. Dentro da baía, porém, o mar estava muito calmo e o velho apontou a embarcação para uma mancha de cascalho, mesmo por debaixo das rochas da praia. Não havia ninguém para ajudá-lo e por isso foi com dificuldade que arrastou o barco para terra, deixando-o a meio da praia, pois não conseguiu levá-lo mais longe.

Depois passou um cabo à volta de uma rocha e deixou-o bem seguro.

Desarmou o mastro e enrolou a vela, amarrando-a. Colocou o mastro às costas e começou a subir a rampa que ia dar na aldeia. Foi então que conheceu como era profundo o seu cansaço. Parou a meio caminho durante instantes e viu no reflexo das luzes da rua a grande cauda do peixe, erguendo-se bem mais alto do que a popa da embarcação. Viu a linha branca da espinha dorsal, despojada da carne, a escura massa da cabeça com a espada projetando-se na escuridão e o grande vazio provocado pela falta da rica carne do peixe.

Recomeçou a andar e, no topo da rampa, caiu no chão e ficou deitado durante alguns momentos com o mastro ainda aos ombros. Tentou levantar-se. Mas era esforço excessivo e ficou sentado com o mastro aos ombros, olhando para a estrada. Um gato passou correndo do outro lado da rua e o velho observou-o. Em seguida olhou para a estrada e ficou observando-a também.

Finalmente pôs o mastro no chão e levantou-se. Tornou a pegar no mastro, pô-lo aos ombros, e começou de novo a caminhar. Teve de sentar-se cinco vezes antes de chegar à cabana.

Já dentro dela encostou o mastro na parede. No meio da escuridão encontrou uma garrafa de água e bebeu até matar a sede. Depois se deitou na cama.

Cobriu-se com a manta, tentando agasalhar bem as costas, os ombros e as pernas, e adormeceu com a cabeça apoiada no rolo de jornais que lhe servia de travesseiro. Ficou assim de costas para o ar, as mãos estendidas ao longo do corpo com as palmas viradas para cima.

Dormia ainda quando, pela manhã, o garoto espreitou pela porta. O vento soprava com tanta força que impedira os barcos de pesca de sair para o mar. Manolin tinha-se levantado mais tarde e fora em seguida para a cabana do velho, como fazia todas as manhãs. O garoto viu que o velho respirava, observou-lhe então as mãos e começou a chorar. Saiu para a rua sem fazer o menor ruído e afastou-se para ir buscar café. Durante todo o caminho não parou de chorar.

Muitos dos pescadores da aldeia estavam em volta da embarcação do velho Santiago e olhavam para o que estava amarrado ao costado do barco; um deles estava com água até os joelhos medindo o esqueleto com um pedaço de linha.

O garoto não desceu à praia. Já estivera lá, e a seu pedido um dos homens se encarregara de tomar conta da embarcação.

— Como está ele? — gritou-lhe um dos pescadores.

— Dorme — respondeu o garoto. E não se importou que o vissem chorando. — Não o incomodem.

— Mede cinco metros e cinquenta da cabeça à cauda — disse-lhe o pescador que estivera medindo o peixe.

— Eu calculei isso mesmo — respondeu o garoto.

Entrou na Esplanada e pediu uma cafeteira com café.

— Quente, com muito leite e açúcar.

— Mais alguma coisa?

— Não. Mais tarde verei o que ele pode comer.

— Mas que peixe aquele! — disse o proprietário. — Nunca se viu um peixe assim. E aqueles dois que você apanhou ontem também não eram nada maus.

— Malditos sejam os meus peixes! — exclamou o garoto, recomeçando a chorar.

— Quer beber alguma coisa? — perguntou-lhe o proprietário.

— Não — recusou o garoto. — Peça a todos para não irem incomodar o Santiago. Voltarei aqui logo mais.

— Diga a ele que lamento muito.

— Obrigado — agradeceu Manolin.

Manolin levou a cafeteira para a cabana do velho e sentou-se ao lado da cama, até ele acordar. Em certo momento, pareceu mesmo que ia acordar. Mas voltou a um sono profundo e ainda mais pesado, e o garoto foi a uma casa ali perto pedir emprestados pedaços de lenha para acender o fogo e esquentar o café.

Finalmente, o velho acordou.

— Não se sente — disse o garoto. — Beba isto.

Encheu um copo com café e deu-lhe.

O velho pegou-o e bebeu-o todo.

— Venceram-me, Manolin — falou a custo. — Venceram-me, de verdade.

— *Ele* não o venceu. O peixe, não.

— Não. Você tem razão. Foi depois.

— O Pedrito está tomando conta do barco e da tralha. O que quer que façam com a cabeça?

— Diga ao Pedrito para cortá-la e usar como isca.

— E a espada?

— Fique você com ela, se quiser.

— É claro que quero — respondeu o garoto. — Agora temos de fazer planos, por causa das outras coisas.

— Andaram à minha procura?

— Naturalmente. Com a guarda costeira e aviões.

— O oceano é muito grande e o barco muito pequeno e difícil de se encontrar — disse o velho. Notava como era agradável ter com quem conversar, em vez de ter de falar sozinho ou conversar com o mar. — Senti a sua falta — continuou. — E você, o que pescou?

— Um no primeiro dia. Outro no segundo e dois no terceiro.

— Muito bom.

— Agora, voltaremos a pescar juntos.

— Não. Eu não tenho sorte. A sorte já me abandonou.

— Que a sorte vá para o diabo! — exclamou o garoto. — Eu levarei a sorte comigo.

— A sua família não vai gostar.

— Não me importo. Ontem apanhei dois. Mas agora iremos pescar juntos, pois ainda tenho muito que aprender.

— Temos de arranjar uma lança boa e tê-la sempre a bordo. Pode-se fazer uma lâmina com qualquer chapa de aço de um velho Ford. Podemos afiá-la em Guanabacoa. Precisa ser muito aguçada e temperada para não quebrar. A minha faca partiu-se.

— Vou arranjar outra faca e afiá-la bem. Quantos dias vamos ter de brisa forte?

— Talvez três. Talvez mais.

— Terei tudo em ordem — afirmou o garoto. — E você, meu velho, procure curar as mãos.

— Eu sei como curá-las. Durante a noite cuspi qualquer coisa de estranho e senti que algo se partiu no meu peito.

— Cure isso também — disse o garoto. — Deite-se, meu velho, que eu vou buscar a sua camisa lavada. E alguma coisa para comer.

— Traga alguns jornais dos dias em que andei pelo mar — pediu o velho.

— Preciso curá-lo quanto antes, pois ainda tenho muito que aprender e você pode me ensinar. Sofreu muito?

— Bastante — respondeu o velho.

— Trago já os jornais e comida — disse o garoto. — Descanse bem, meu velho. Irei também à drogaria buscar qualquer coisa para as suas mãos.

— Não se esqueça de dizer ao Pedrito que a cabeça é para ele.

— Não. Não me esqueço.

Quando saiu para a rua e a caminho da aldeia, o garoto começou a chorar.

Nessa tarde havia um grupo de turistas americanos na Esplanada. Quando olharam para a praia e para a água, entre as latas de cerveja vazias e barracudas mortas, uma mulher viu uma espinha branca muito comprida com uma cauda enorme numa das pontas, flutuando na maré, enquanto o vento do nascente soprava fortemente e agitava o mar à entrada da pequena baía.

— O que é aquilo? — perguntou ela ao garçom, apontando para o longo esqueleto do grande peixe, que agora não passava de lixo à espera de ser levado pela maré.

— *Tiburón* — respondeu-lhe o garçom, tentando explicar, em espanhol, o que sucedera. — Tubarões.

— Não sabia que os tubarões tinham caudas tão belas e tão bem-formadas — comentou a mulher.

— Eu também não — replicou o companheiro.

Lá em cima, na cabana, o velho estava dormindo de novo, com o rosto escondido no monte de jornais que lhe servia de almofada. O garoto estava sentado a seu lado, observando-o. O velho sonhava com leões.

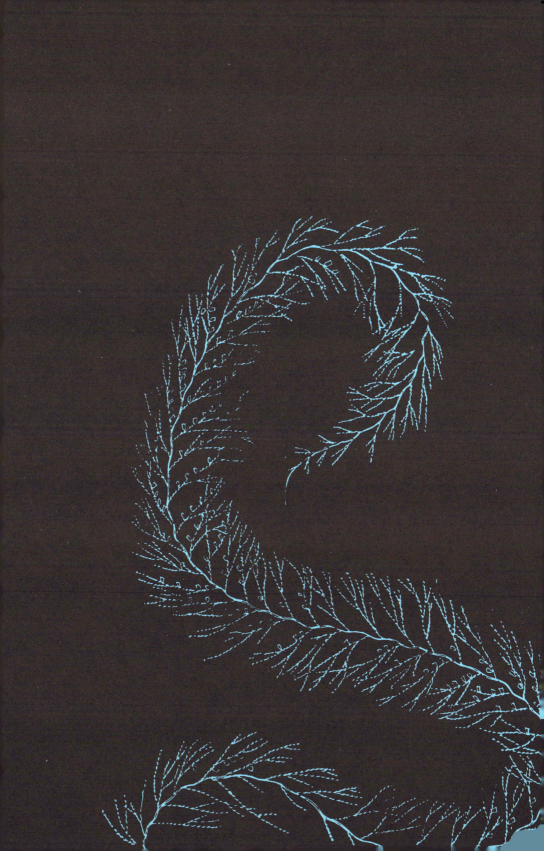

NÃO HÁ SIMBOLISMOS
Roberto Taddei

Dezesseis anos antes de publicar *O velho e o mar*, Hemingway escreveu num artigo para a revista *Esquire* sobre um "velho pescador, sozinho numa canoa" que fisgou um peixe tão grande que seu barco foi arrastado para o alto-mar. Dois dias depois ele teria sido resgatado por outros pescadores, com "a cabeça e a parte da frente do marlim amarradas na embarcação". A parte restante do peixe, menos da metade, pesou quase quatrocentos quilos. "O velho tinha ficado com ele por um dia, uma noite, um dia mais uma noite enquanto o peixe nadava para o fundo e arrastava o barco. Quando o peixe subiu, o velho puxou o barco para perto e lançou o arpão. Amarrado ao longo da embarcação, os tubarões o atacaram e o velho teve que lutar contra eles, sozinho." Quando os pescadores o resgataram, o velho estava chorando, enlouquecido pela perda, com os tubarões ainda o cercando. Essa é, em linhas gerais, a base do livro *O velho e o mar*, o último que Hemingway terminou e publicou em vida.

O artigo foi escrito em 1936. Em 1939, três anos depois, Hemingway relatou ao editor a ideia de escrever um conto sobre um velho "pescador que luta contra um peixe-espada, sozinho em sua canoa, por quatro dias e quatro noites, e os tubarões comem o peixe" porque ele não consegue colocá-lo dentro do barco. "É uma grande história, se eu conseguir escrevê-la direito."

Treze anos se passaram até que Hemingway terminasse enfim de escrever essa história. Por que teria demorado tanto para escrever o livro se ele já tinha a história?

Hemingway era uma celebridade internacional àquela altura. A história do velho pescador Santiago foi publicada na íntegra pela revista *Life*, em 1952. A edição vendeu mais de 5 milhões de exemplares em dois dias e levava na capa não um desenho de um velho pescador num bote, mas o rosto de um Hemingway sério, com o bigode que marcou seus anos produtivos.

Na sequência, ganhou o prêmio Pulitzer. Dois anos depois, em 1954, Hemingway recebeu o prêmio Nobel de Literatura em grande parte devido ao sucesso da publicação de *O velho e o mar*. Impedido de viajar para a Suécia, gravou seu discurso de agradecimento, dizendo que "para um escritor de verdade, cada livro deveria ser um novo começo em que ele tentaria, mais uma vez, atingir algo inalcançável. Ele deve sempre ir atrás daquilo que nunca foi feito, ou daquilo que outros tentaram e não conseguiram".

Esse talvez seja o motivo pelo qual a escrita de *O velho e o mar* tenha exigido tanto de seu autor. Mas o que haveria de novo, para ele, num romance sobre um velho pescador sozinho em alto-mar, lutando para capturar o maior peixe de sua vida?

Primeira tentativa

Em 2019 os herdeiros do autor tornaram público um conto escrito por Hemingway em que os personagens se lançam na captura de um marlim gigantesco e, após horas de luta com o peixe que afundava e arrastava o barco, por uma imperícia de um dos tripulantes, perdem-no e voltam desolados para a terra. Em "Pursuit as happiness" podemos ver boa parte dos elementos que encontramos em *O velho e o mar*.

O conto, contudo, é autobiográfico. Hoje o chamaríamos de uma autoficção. O personagem que fisga o peixe se chama Hemingway. O mesmo que, no conto, precisa ser lembrado de que a vida social não o ajuda na tarefa de colocar essa história no papel.

Mas não há indicação de quando o conto teria sido escrito. Alguns elementos do texto indicam que só pode ter sido escrito depois das temporadas de pesca do autor em Cuba nos anos 1930, quando surge também a ideia do romance. Mas não se sabe se teria sido escrito após a publicação de *O velho e o mar*, ainda que a hipótese seja improvável.

Afora os pontos em comum, o conto é muito diferente do romance. Nele encontramos as antigas questões do autor: uma disponibilidade estoica para a vida, a valorização da técnica instrumental do ser humano sobre as imposições do natural, a busca pela superação dos horizontes burgueses e a aceitação da derrota física como parte inexorável de uma vida que se buscou ampliar. Sobretudo, como nas produções anteriores de Hemingway, há no conto uma aproximação entre o universo dos personagens e a trajetória percorrida pelo próprio autor.

A confusão entre o que é real e o que é ficcional numa obra literária, uma estratégia tão comum hoje em dia, era promovida com certo pudor até então. Quando Hemingway começa a escrever, na Europa efervescente dos anos após a Primeira Guerra Mundial, ele já tinha uma história pessoal de envolvimento com os traumas do conflito por ter sido um jovem voluntário pilotando ambulâncias. E continuará a explorar os vínculos entre o que viveu e o que escreve ao longo de sua trajetória como escritor. Ao menos até a publicação de *O velho e o mar*. A essa altura, sua trajetória estava marcada por outras duas guerras, a Civil Espanhola – que acompanhou de perto, e sobre a qual escreve em *Por quem os sinos dobram*, seu último grande sucesso até então e considerado até hoje um de seus melhores livros – e a Segunda Guerra Mundial.

Entre um momento e outro, o do sonho das vanguardas literárias do início do século e o dos traumas acumulados do pós-guerra, há um deslocamento da percepção do mundo como um espaço aberto às múltiplas possibilidades de experiência individual para a constatação de que as lutas e desigualdades sociais da humanidade se sobrepõem com mais frequência do que o desejado sobre as chances de realização pessoal.

Assim, em 1952, o mundo que Hemingway habitou e ajudou a criar já não mais existia. E a assombração de talvez se tornar um escritor descolado de seu tempo pode ter causado boa parte da angústia de produzir uma obra relevante e inteiramente nova como ele queria.

Em mais de uma ocasião, Hemingway afirmou que o trabalho do escritor é não se repetir, procurar sempre um livro inteiramente novo. Não que julgasse tarefa fácil.

Em *Paris é uma festa*, publicado postumamente, ele diz a si mesmo: "Não se aborreça. Você sempre escreveu antes e vai escrever agora. Tudo o que tem a fazer é escrever uma frase verdadeira. Escreva a frase mais verdadeira que puder". Mas, como emenda no livro, naquela época, na Paris dos anos 1920, "a coisa não era tão difícil", isso porque "havia sempre uma frase verdadeira que eu conhecia, tinha lido ou ouvido alguém dizer". Nos anos 1940, em meio à guerra, isso parecia ter se tornado uma maldição. Nessa época Hemingway iniciou uma série de projetos não concluídos. Vinha da publicação de *Do outro lado do rio, entre as árvores*, que não fizera o mesmo sucesso de crítica que os livros anteriores.

É nesse contexto que ele se lança na escrita de *O velho e o mar*, em que parte de uma história pessoal – tendo passado algumas temporadas pescando marlins na costa cubana – para construir uma experiência correlata, só que do ponto de vista de um pescador velho e pobre, um personagem muito distinto da figura do autor.

O QUE SE CONHECE E O QUE SE MOSTRA

O velho e o mar é, numa primeira leitura, tão simples que a dedicação e o esforço de Hemingway para escrevê-lo correm o risco de não serem devidamente apreciados. Há no livro uma linearidade de enredo que Hemingway só havia praticado antes em alguns contos. Por isso alguns chamam *O velho e o mar* de novela, e não de romance, porque seu arco narrativo é simples, envolve uma única grande ação, e há só três personagens: Santiago, o menino Manolin e o peixe. Se quisermos, poderíamos também considerar o mar como um quarto personagem, tratado por Santiago como substantivo feminino.

Além disso, há uma economia coerente dos elementos que reverberam ao longo de todo o livro e que Hemingway mantém em tensão constante.

Em primeiro lugar, a dimensão do tempo. Logo no começo do livro recebemos a informação de que Santiago está há 84 dias sem pescar peixe algum. O primeiro movimento do livro reforça o peso dessa marca negativa e faz aumentar no leitor a expectativa pela pesca do dia seguinte. No restante do livro, o tempo é marcado entre a espera para que o peixe fisgue a isca, para que ele então apareça na superfície e, enfim, seja abatido. O último movimento temporal é acelerado, marcado pela profusão de tubarões que os atacam.

Há, em segundo lugar, a atenção para o corpo físico dos personagens, começando por Santiago, um "velho, com exceção dos olhos que eram da cor do mar, alegres e indomáveis", passando pelas marcas que a pescaria deixou e deixa em seu corpo, efeito da exposição ao sol, à água salgada, mas também às linhas de pesca que cortam suas mãos e costas. E, assim que aparece, também o corpo físico do peixe se projeta, "um peixe tão calmo e tão forte, e parecia tão confiante e corajoso" que "ergueu-se no ar mostrando o seu enorme comprimento e a sua enorme largura e todo o seu poder e toda a sua beleza".

A relação de fraternidade entre Santiago e Manolin é outro elemento que atravessa o livro, mesmo quando

Santiago está sozinho no mar. Para Manolin, "Existem muitos pescadores bons e alguns mesmo ótimos. Mas como você não há nenhum". É o menino quem se encarrega das refeições de Santiago, e quem o ajuda a carregar os instrumentos de pesca. Há também uma relação fraterna entre Santiago e o peixe, que se afeiçoa dele numa projeção que hoje poderíamos ler como indícios de um certo animismo, como quando diz que "Nunca vi nada mais bonito, mais sereno ou mais nobre do que você, meu irmão. Venha daí e mate-me. Para mim tanto faz quem mate quem, por aqui".

Por fim, Santiago parece percorrer o livro numa espécie de experiência transcendente, embora não religiosa. Premido pela dureza do real em que vive, com o avanço da velhice, a falta de recursos materiais e numa vida solitária, Santiago parece negociar o presente com sonhos e projeções. "Havia muito tempo que não sonhava com tempestades nem com mulheres, nem também com grandes acontecimentos ou grandes peixes, ou lutas, ou desafios de força, nem mesmo com a sua mulher. Agora sonhava apenas com lugares e com os leões na praia", ficamos sabendo. Santiago não busca uma redenção, mas talvez uma outra espécie de conexão com o mundo que o cerca, como quando pensa que "Gostaria de ser aquele peixe e trocaria de bom grado a minha vontade e a minha inteligência para ter tudo o que ele tem".

Hemingway mantém esses quatro elementos tensionados, do início ao fim do livro. E o faz utilizando um narrador em terceira pessoa com onisciência total, uma estratégia arriscada para convencer os leitores de que o narrado é, de fato, verdadeiro.

Não há simbolismos

A economia dos elementos em *O velho e o mar* é tão coesa que muitos acabam se convencendo de que o autor não quis dizer apenas aquilo que escreveu, que deve haver outro sentido para a história. Como se a história de Santiago fosse uma grande metáfora. Ou uma fábula com alguma moral.

Talvez o próprio Hemingway tenha incentivado esse tipo de leitura quando, em entrevista à revista *Paris Review*, em 1954, meses antes de ser contemplado com o prêmio Nobel, disse que sempre tentava "escrever sob o princípio do iceberg", querendo dizer que omitia de um texto boa parte daquilo que sabia sobre o universo narrado. Na mesma entrevista ele diz que *O velho e o mar* poderia ter mais de mil páginas, que ele poderia ter criado todos os personagens da vila e como viviam, onde nasceram, estudaram, criaram os filhos etc. "Isso é muito bem-feito por outros escritores", ele diz. "Tentei fazer algo diferente. Primeiro busquei eliminar tudo o que não era necessário para promover uma experiência aos leitores, para que depois que ele ou ela tivesse lido uma passagem esta viesse a ser parte da experiência dele ou dela e se convencessem de que aquilo tinha de fato acontecido. O que é muito difícil."

Hemingway confessa ter trabalhado muito para atingir o efeito desejado. E diz ter contado com a sorte, porque "tinha um bom homem e um bom menino e ultimamente os escritores esqueceram que essas coisas ainda existem". Depois confessa ter deixado fora do livro tudo aquilo que conhecia por experiência própria, de suas temporadas de pesca em Cuba, "todas as histórias da vila de pescadores" que ele conhecia. "Mas o conhecimento é o que constitui a parte submersa do iceberg."

Essa proposição levou muitos escritores e críticos a um entendimento da escrita como um jogo de charadas, como se uma boa história fosse aquela em que a história aparente, aquela que de fato se lê, estivesse escondendo sempre uma outra história, submersa, aquela que contaria a verdade. Mas não parece ser essa a concepção de Hemingway.

Um pouco antes da entrevista à *Paris Review*, em carta de 1952 ao historiador Bernard Berenson, Hemingway disse, a respeito de *O velho e o mar*: "Tem um outro segredo. Não há simbolismo. O mar é o mar. O velho é o velho. O menino é o menino e o peixe é o peixe. Os tubarões são os tubarões, nem melhores nem piores."

A afirmação soa como uma ironia de Hemingway. Mas talvez não seja. Há, sim, uma boa quantidade de frases que soam como as de uma parábola, tais como "vou mostrar-lhe o que um homem pode fazer e o que é capaz de aguentar", ou então, "Um homem pode ser destruído, mas nunca derrotado" e ainda a famosa descrição da canoa de Santiago, "A vela fora remendada em vários pontos com velhos sacos de farinha e, assim enrolada, parecia a bandeira de uma derrota permanente".

Mas há também a intenção clara e bem-acabada, e que atravessa todo o livro, de narrar um mundo a partir do ponto de vista do personagem que o experimenta, como quando Santiago procura pensar como o peixe: "Agarra na isca como um macho e puxa como um macho, e na sua luta não há pânico. Terá algum plano ou estará tão desesperado como eu?"

Podemos aceitar as duas leituras possíveis: a alegórica e a sem simbolismos. Mas há um prazer específico que advém do relacionar-se com as coisas como elas são, evitando a sedução de tentar tirar delas sentidos utilitários. É essa leitura, arrisco dizer, que faz com que a história de *O velho e o mar* permaneça tão viva hoje quanto estava em 1952. E talvez seja exatamente por isso que Hemingway levou tanto tempo para "escrevê-la direito".

Roberto Taddei é escritor, jornalista e coordenador da pós-graduação Formação de Escritores do Instituto Vera Cruz.

UMA FORÇA INDOMÁVEL
Daniel Puglia

Ernest Hemingway pode ser considerado um dos mais importantes escritores dos Estados Unidos. Seu estilo literário influenciou uma série de autores em língua inglesa e também em outras línguas. Seus romances e contos, conforme destaca a estudiosa Mary Loeffelholz, unificam forma e conteúdo numa prosa cujo estilo elimina todas as palavras em excesso, evitando o supérfluo e o desnecessário. Essa disciplina para usar de maneira comedida os recursos da linguagem gerou efeitos literários notáveis. Sob a aparente simplicidade de frases reside uma intensa produção de significados, algo que tem sido continuamente reconhecido tanto por críticos quanto por leitores.

Em 1926, quando publica o romance *O sol também se levanta*, já temos uma amostra daquilo que ficaria conhecido como uma de suas marcas registradas: a prosa objetiva, clara e sem floreios. A sofisticação fica a cargo da habilidade para construir em poucas sentenças situações multifacetadas, como se com mínimas pinceladas ou talhes precisos os leitores fossem convidados a discernir pinturas e esculturas de extremo requinte. Como lembra Loeffelholz, o próprio Hemingway afirmava que sua intenção era escrever seguindo o "princípio do iceberg": para cada parte aparente na superfície existe noventa por cento que está submerso. Tal diretriz serve como baliza para seus contos e romances.

Ambientado em meados da década de 1920, *O sol também se levanta* retrata a vida de expatriados britânicos e estadunidenses que, vivendo em Paris, tentam lidar com as consequências físicas e psicológicas geradas a partir da Primeira Guerra Mundial. Numa viagem à Espanha com outros personagens do núcleo central da trama, o narrador, Jake Barnes, encontra nos festivais e nas touradas de Pamplona algo como rituais de superação e de certa esperança. Mas o caráter ilusório de tais possibilidades revela-se efêmero. Os traumas diretos e indiretos ocasionados pela guerra são cicatrizes recorrentes e indeléveis, entranhadas na carne e na alma dos personagens.

Em 1925 Hemingway havia publicado sua primeira coletânea de contos, intitulada *In our time*, em que surgem as primeiras narrativas sobre Nick Adams, personagem que será retomado em escritos posteriores, além de outros relatos breves. Em 1927, no seu segundo livro de contos, *Men without women*, utilizaria técnicas provenientes do jornalismo para criar "uma prosa telegráfica que minimiza os comentários do narrador".* Esse estilo, também baseado num fluxo de ritmo ágil e desenvolvido por meio de diálogos, passaria a ser mais uma das características distintivas da obra de Hemingway.

Adeus às armas, seu segundo romance e publicado em 1929, narra uma história de amor dentro do contexto de uma Itália devastada pela Primeira Guerra Mundial. Frederic Henry é um soldado estadunidense que, ferido, conhece a enfermeira britânica Catherine Barkley no hospital militar. O envolvimento amoroso entre os personagens serve como fundamento para evidenciar a desumanidade gestada pela guerra. Decisões arbitrárias, tomadas à revelia daqueles que mais diretamente sofrerão suas consequências, são mostradas na brutalidade de seus resultados. A estupidez bélica fica ainda mais vívida quando contraposta aos pequenos fios de esperança e de luta por sobrevivência. Vemos, nesse sentido, pessoas retratadas em suas ambivalências e desejos. Seres humanos que não podem ser reduzidos às meras estatísticas dos centros de poder econômico.

---

* LOEFFELHOLZ, Mary. Ernst Hemingway (1899-1961). In Nina Baym (ed.). *The Norton Anthology of American Literature*. Volume D. New York: W.W. Norton & Company, 2007, p.1981.

Temas ainda mais especificamente políticos passariam a ser abordados em seus livros durante os anos 1930. A crítica especializada nem sempre vê com bons olhos essa fase de sua obra. Frequentemente são apontadas influências excessivas de sua simpatia pela luta antifascista na Guerra Civil Espanhola (1936-1939). Segundo alguns, Hemingway tenderia a se preocupar demasiadamente com os problemas de personagens oriundos das classes trabalhadoras e isso teria impactado negativamente os aspectos eminentemente estéticos de sua arte. Mas tais juízos são muito mais reveladores do próprio posicionamento político da crítica especializada. Não correspondem ao interesse efetivo que as obras ainda despertam. Como um exemplo, basta citar um romance como *Ter e não ter*, de 1937. Atento às contradições presentes na sociedade durante a Grande Depressão, trata-se de um testemunho particularmente relevante para leitores de nossa época, infelizmente tão marcada pela crescente desigualdade econômica e pelas disparidades sociais.

A Guerra Civil Espanhola fornece material para seu romance *Por quem os sinos dobram*, publicado em 1940. Utilizando intensamente de sua experiência como correspondente de guerra, Hemingway celebra tanto os camponeses antifascistas quanto os voluntários estadunidenses que lutaram ao lado deles.[*] O título faz uso de

---
[*] *Ibid.*, p.1982.

um texto de John Donne, que em livre adaptação seria: "a morte de qualquer ser humano me diminui, pois faço parte da humanidade; por isso não pergunte por quem os sinos dobram – eles dobram por você". Os sinos não marcam, assim, apenas a morte de alguém: quando um ser humano morre, todos nós perecemos, todo o gênero humano também morre um pouco. Hemingway compartilha a necessidade de ações coletivas para resolução dos problemas sociais, fazendo de seu romance uma mensagem sobre a importância da solidariedade e da cooperação. A perda de liberdade em qualquer lugar significa uma diminuição de liberdade em todos os lugares.

Atuando como correspondente na Segunda Guerra Mundial, Hemingway deu continuidade a suas atividades como opositor de regimes totalitários. Concomitantemente a isso, levava uma vida de celebridade literária, sendo um dos escritores mais famosos de seu tempo. Esses aspectos muitas vezes contraditórios de sua carreira serão explorados exaustivamente por uma imprensa cada vez mais ávida pelas possibilidades lucrativas da fama e do sucesso vistos como mercadorias. Os impactos disso para a recepção da obra de Hemingway ainda hoje podem ser observados. Toda uma indústria parece orbitar em torno da personalidade do autor em detrimento da leitura atenta de suas obras.

Nesse sentido, uma novela como *O velho e o mar*, publicada em 1952, pode ser uma excelente porta de entrada para leitoras e leitores que queiram conhecer um pouco da literatura de Hemingway. Também pode servir para reforçar a admiração daqueles que desejam reencontrar essa obra-prima, uma fábula alegórica que desafia o tempo. Nela estão condensados, em pleno funcionamento, vários dos recursos adotados por um dos mestres do conto e da narrativa curta.

Seán Hemingway, neto do autor, num excelente texto introdutório para uma nova edição de *O velho e o mar*, assinala que os temas e as preocupações presentes na narrativa passaram por um "longo período de gestação".* Em 1936, os aspectos essenciais da estória já apareciam num artigo escrito por Hemingway para a revista *Esquire*. Muitos dos elementos presentes no artigo teriam sido contados pelo pescador cubano Carlos Gutiérrez, que também ensinou ao escritor muito do ofício relativo à pesca de grandes peixes em alto-mar, embora Hemingway desde muito tempo já se interessasse pela atividade.**

Essa dedicação e envolvimento fizeram com que o Museu Americano de História Natural em Nova York e a Academia de Ciências Naturais da Filadélfia chegassem a entrar em contato com o escritor em busca de informações sobre rotas migratórias, hábitos

---
* HEMINGWAY, Seán. Introduction. In: Ernst Hemingway, *The old man and the sea*. The Hemingway Library Edition. New York: Scribner, 2020, p.7.
** *Ibid.*, p.7.

alimentares e padrões de comportamento dos grandes peixes da Corrente do Golfo, uma corrente marítima do oceano Atlântico que tem origem no Golfo do México. O fascínio do escritor fazia com que anotasse minuciosamente suas experiências, bem como episódios significativos ocorridos durante as pescarias. Numa carta, por exemplo, relata que um dos maiores marlins que conseguiu pescar foi duramente atacado por tubarões enquanto era trazido para a embarcação. Tal lembrança pode ter contribuído para o realismo de algumas passagens em *O velho e o mar*.

Numa carta para seu editor, Hemingway também menciona o enredo que tem em mente, dizendo o quanto pode ser uma "estória maravilhosa" ambientada no litoral cubano. Podemos ler que o escritor acompanha o "velho Carlos em seu barco" com intuito de anotar e registrar tudo o que ele faz e pensa, naquele embate entre o barco e o alto-mar.* O tom meticuloso revela quase que uma pesquisa de caráter antropológico, em que o esmero e a disciplina serão fundamentais para a posterior construção primorosa do personagem, da trama e do foco narrativo. Tais elementos, organizados com precisão e técnica impecáveis, podem proporcionar um efeito único: como se estivéssemos percorrendo uma das grandes sagas de tempos imemoriais ou mesmo uma das lendas fundadoras com teor mítico.

---

* *Ibid.*, p.11.

Mas, por outro lado, vale a pena resgatar o trecho de uma carta de Hemingway, citada na introdução feita por seu neto. Nela, o criador de *O velho e o mar* diz que a obra não tem simbolismo algum. Assim, "(...) o mar é o mar. O velho é o velho. O garoto é o garoto e o peixe é o peixe. (...)".* Como apontado pelo próprio Seán Hemingway, gerações de especialistas e comentadores têm divergido do veredicto do próprio autor, procurando demonstrar inúmeras camadas interpretativas repletas de simbolismo. Seja como for, sempre é aconselhável guardarmos algumas reservas entre o que afirmam tanto os criadores quanto os intérpretes de suas obras. Em última instância, nossa própria experiência de leitura nunca deve ser descartada e, de certo modo, deve funcionar como uma forma de recriação daquilo que estamos lendo.

Essa recriação pode em muito ser facilitada pelo próprio modo como Hemingway conta a estória. As principais características de Santiago são reveladas pelos detalhes daquilo que ele faz e pensa. O narrador conduz nossa leitura assinalando as tarefas que o pescador tem de realizar antes e durante sua jornada. Seus dias de luta para conseguir derrotar o gigantesco marlim que consegue pescar são minuciosamente descritos, sempre em termos concretos e bem definidos. Como assinala o professor Bickford Sylvester, os leitores ingressam, desse

---

* Ernest Hemingway em carta citada por Seán Hemingway. *Ibid.*, p.23.

modo, no específico contexto cultural em que a narrativa se desenvolve,* tendo a possibilidade de perceber nuances e peculiaridades do universo que lastreia todo o enredo.

 O narrador tem um profundo respeito pelo mundo habitado por Santiago, um reflexo do mesmo respeito que tem em relação ao próprio protagonista. Isso de forma nenhuma se traduz em algum tipo de idealização ou veneração ingênua. O ponto de vista narrativo lida com os personagens e com a natureza circundante numa interação que dispensa hierarquias. Por um lado, não há espaço para sentimentalismo nem condescendência. Por outro lado, não são erguidos pedestais para que a partir dos personagens emanem quaisquer luzes de superioridade. Aquilo que existe de admirável tem sua origem nos eventos protagonizados por pessoas comuns – realçadas na riqueza de sua humanidade: aparentemente vulnerável, mas veemente.

 Muitos críticos destacam o apreço de Santiago por estabelecer correlações entre números e coincidências, tentando adivinhar o que seriam presságios sobre a sorte e o destino. Segundo tais críticos, essa forma de relação com o imponderável demarcaria as limitações do protagonista, com pendores supersticiosos e propenso a criar armadilhas de autoilusão. Isso poderia ainda denotar

---

* SYLVESTER, Bickford. The Cuban Context of *The Old Man and the Sea*. In: Scott Donaldson (ed.). *The Cambridge Companion to Hemingway*. Cambridge: CUP, 2005, p.243.

certa indulgência por parte de Hemingway, retratando de maneira piedosa o funcionamento de um universo mental com parcos recursos de análise e reflexão. Mas na leitura de Sylvester, com a qual concordamos, tais visões apressadas não se justificam.*

Para fazer jus à complexidade da trama criada por Hemingway é necessário abandonar preconceitos infelizmente ainda muito presentes na crítica cultural e literária. Narrativas que tratam das camadas mais pobres da sociedade normalmente são interpretadas por lentes embaçadas, enviesadas pela espessa neblina de estereótipos e preconcepções. Adotando noções antiquadas, normalmente a serviço da manutenção dos sistemas de poder e de privilégio, tais leituras correm o risco de não perceber a sofisticação das ações e do pensamento de Santiago. E novamente aqui devemos advertir: Hemingway não está idealizando a precariedade e a penúria de uma situação – está apenas tratando com justiça e atenção adequadas a extrema elaboração inerente aos seres humanos, cuja criatividade e engenhosidade se manifestam de diferentes modos em diferentes contextos, utilizando diversos códigos e convenções.

Ao longo da narrativa, Santiago estabelece uma singular relação com eventos pregressos de sua trajetória como pescador, com situações que conectam ciclos

---
* *Ibid.*, p.250.

da natureza, comportamento da vida marinha e ferramentas e apetrechos necessários para desempenhar seu trabalho na pesca. Santiago talvez possa ser visto como um tipo especial de artesão. Talvez movido por um impulso interno que o faz ir longe demais, para além das energias que já não possui. Entretanto, esse impulso mobiliza toda a argúcia e a artimanha de seu engenho e de sua arte. Logo no início da narrativa, ao caracterizar seu personagem, o narrador de Hemingway afirma que "tudo que nele existia era velho", exceto seus olhos "que eram da cor do mar". E um complemento aqui é fundamental: eram olhos alegres, vivazes, demonstrando um espírito indômito, invencível. Talvez essa seja uma pista do que veremos a seguir ao longo da narrativa. Aquele corpo alquebrado, praticamente uma ruína, continha dentro de si uma força semelhante ao mar. Mas a força interna de Santiago, ainda que admirável, nunca será superestimada: deverá, ao fim e ao cabo, defrontar-se com sua diminuta dimensão humana. Essa bela, transitória e paradoxal dimensão humana.

Daniel Puglia é professor da área de Estudos Linguísticos e Literários em Inglês do Departamento de Letras Modernas da Universidade de São Paulo. Tem por tema de pesquisa as relações entre literatura, cultura e história.

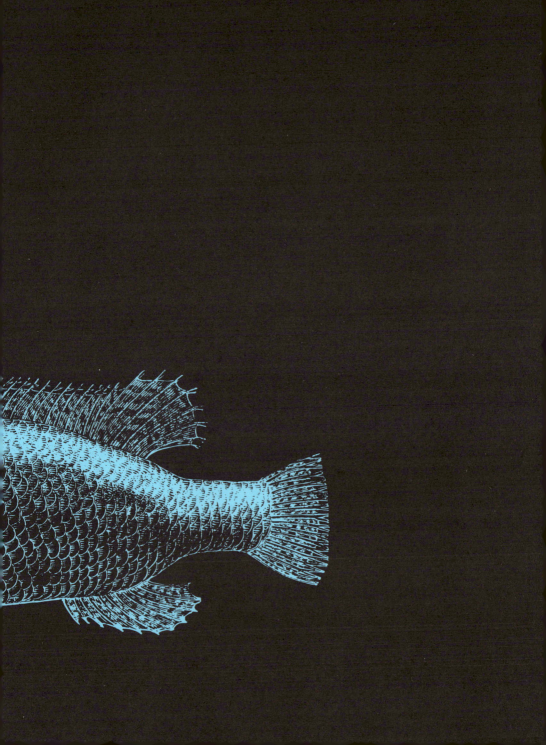

DO OCEANO PARA AS PÁGINAS
Ferdinando de Oliveira

Ernest Hemingway se tornou um autor reconhecido no panorama literário do século XX em grande medida por causa da publicação desta obra-prima que é *O velho e o mar*. E sua popularidade ultrapassou o contexto de sua época principalmente por conta de seu estilo conciso e simples de produzir literatura, considerado inovador e único até hoje.

A maneira breve de escrever ficção de Hemingway não é proveniente do acaso. Por ter atuado como jornalista, os elementos relacionados à linguagem jornalística estão abundantemente presentes desde o início de sua vida profissional, cujas clareza, objetividade e predominância da língua direta se transpuseram para o ficcional, representando um ato revolucionário na linguagem narrativa.

No entanto, esse estilo particular de Hemingway — a prosa ausente de desvios temáticos, as sentenças presentes em sua forma cautelosa de escrita, determinadas pelo uso raro de adjetivos —, não o impediu de narrar nos mínimos detalhes os atos e acontecimentos envolvendo os personagens das tramas de seus contos e romances, nem de criar diálogos vivos e dramáticos.

A eficácia com que produzia essas descrições e falas se explica em parte porque várias das situações expressas nos textos eram extraídas diretamente das vivências de Hemingway, que as transformava em material ficcional.

Por exemplo, o romance *Adeus às armas*, publicado originalmente em 1929, retrata a trajetória de um motorista de ambulância ferido durante a Primeira Guerra Mundial. Hemingway, tal como o personagem, ingressou na Cruz Vermelha americana durante esse mesmo conflito global para atuar como motorista de ambulância na Itália, e, em 1918, foi atingido gravemente ao realizar entregas para as tropas na linha de frente, o que o levou a se submeter a uma cirurgia em Milão.

Com o intuito de adquirir um distanciamento das consequências trágicas da guerra, Hemingway e um grupo de outros escritores e artistas americanos se exilaram na Europa. Assim, eles formaram a chamada *Geração Perdida*, título atribuído pela também escritora e poetisa americana Gertrude Stein, que descreve esse conjunto de indivíduos como pessoas desiludidas pelos seus itinerários de guerra e insatisfeitas com o ritmo econômico e cultural dos Estados Unidos. Por isso, buscaram em países europeus a liberdade de criar uma literatura mais produtiva e única em relação aos padrões anteriormente adotados. Para retratar o modo de vida e o humor desses cidadãos expatriados da América em território europeu, Hemingway escreveu o romance *O sol também se levanta*, em 1926, em que expõe a inexistência de bem-estar e progresso social dos norte-americanos no período pós-Guerra.

Uma outra amostra da estratégia de encontro entre o real e o ficcional em suas obras está em *Por quem os sinos dobram*, de 1940, narrativa que apresenta o personagem Robert Jordan, professor norte-americano de língua espanhola que desempenha o papel de explodir uma ponte localizada na cidade de Segóvia, Espanha, em meio ao período conturbado da Guerra Civil Espanhola. Tal como as produções literárias anteriores, Hemingway se baseou em sua vivência pessoal como voluntário desse embate para o desenvolvimento do romance. A luta contra o fascismo republicano custou milhares de vidas, e, desse modo, as memórias do autor se tornaram fundamentais para a determinação do enredo.

No que se refere a essa característica própria de Hemingway ao escrever ficção, *O velho e o mar* não foge à regra. Além de ser situado em Cuba — país onde Hemingway permaneceu boa parte de sua vida como residente

—, aspectos centrais como a coragem, a masculinidade e a sua relação com a ideia de morte — abordagens frequentemente presentes em grande parte da produção artística do escritor — foram elementos essenciais para a construção temática da obra. Além disso, a pesca, ofício do protagonista Santiago, consistia em um dos principais hábitos praticados pelo romancista.

A pesca como passatempo integrou toda a juventude de Hemingway. Segundo estudos focados na rotina de pesca do escritor, identificou-se que, quando era estudante do ensino médio, ele fugia para pescar sempre que havia oportunidade. Em Oak Park, Illinois, entre 1915 e 1916, a casa de campo da família constituiu o principal cenário para o seu entretenimento através da pesca de espécies como percas, trutas, robalos, entre outras. Isso se associa, portanto, à familiaridade do velho Santiago com esses animais aquáticos em todo o livro.

Porém, foi na singularidade dos pescadores de Cuba — com seus simples anzóis, linhas e outros instrumentos essenciais para exercer esse ofício que garantia sua sobrevivência — que Hemingway encontrou inspiração para a construção do personagem Santiago. Assim como foi na Corrente do Golfo — principal campo de atuação dos pescadores cubanos para a obtenção de seu sustento — que Hemingway encontrou o cenário principal para *O velho e o mar*, a zona do conflito entre o idoso e o grande peixe fisgado por ele, que constitui o ápice do conteúdo ficcional do livro.

A estratégia de Hemingway em integrar realidade e ficção se aplica também na exploração da natureza interior do homem. O envolvimento dos personagens em condições perigosas é uma característica própria do autor em seus escritos. No caso da presente obra, o cenário do mar, aparentemente calmo, mas, ao mesmo tempo, hostil e perigoso, é uma oportunidade para que se manifeste a afirmação da coragem e da masculinidade. O velho Santiago é uma imagem clara desse fator específico, pois, mesmo diante de um ser de tamanhas proporções, e levando em conta suas limitações como idoso, não se deixa vencer pelas dificuldades que aparecem em alto-mar. Isso se associa à visão identitária do escritor acerca da personalidade do indivíduo masculino, cuja representação deve ser instaurada pela determinação e superação de possíveis adversidades existentes ao longo da vida.

Soma-se a essa ideia o elemento da solidão, temática bastante presente nas obras de Hemingway, representada em *O velho e o mar* pelo velho Santiago como único ser humano em meio ao cenário marítimo — embora ele tente combater essa percepção pessoal ao dialogar constantemente com os peixes em toda a narrativa, seja através da fala, seja pelos pensamentos transmitidos pelo narrador onisciente, que concede ao leitor a habilidade de conhecer profundamente as lutas privativas do pescador com empecilhos externos ou internos, estes provenientes de suas fragilidades intrínsecas.

Nessas condições de solidão e resistência do velho Santiago, ele se vê num embate constante entre juventude e velhice. Ao longo de seu percurso no ambiente marítimo, o pescador realiza um retorno contínuo à juventude motivado por duas referências: o garoto Manolin e os leões presentes em seus sonhos. O menino, por ser uma criança, e os leões, pela agilidade e pela força. Pensar nesses dois fatores motiva Santiago a permanecer na luta contra os infortúnios oceânicos, mesmo diante das eventuais fraquezas que sua idade lhe apresenta. Hemingway, assim, concede ao leitor um olhar interpretativo do texto com atenção especial às dificuldades impostas pelo avanço da idade, algo a que todos os seres humanos estão sujeitos.

Além disso, *O velho e o mar* também desperta uma observação sobre as relações do homem com o meio ambiente, tema que precisa ser revisitado em face dos descuidos de boa parte da humanidade com a natureza.

No livro, o velho Santiago demonstra uma relação muito próxima com os animais. Um exemplo é o fato de sua comunicação com eles — além do sonho com os leões — servir como artifício para o personagem se distanciar do cenário monótono e solitário a que está fadado. Outro exemplo é a postura de companheirismo e solidariedade que demonstra com os pássaros e peixes que aparecem no oceano. De certo modo, o protagonista compara sua trajetória como indivíduo com a rotina daqueles animais que, cotidianamente, se veem diante de impasses na hora de encontrar alimento. Por pertencer à classe pobre e marginalizada, Santiago se vê "no mesmo barco" que eles, no que se refere ao esforço contínuo para tentar sobreviver no mundo.

Além desses aspectos, outro fator importante a ser destacado na narrativa é o contexto histórico e social que abrange o livro. O ano de publicação original do livro é 1952. Durante a década de 1950, Cuba era permeada por lutas contra o regime governamental apoiado pelos Estados Unidos. No início da narrativa, o leitor pode perceber que as primeiras apresentações do velho Santiago são constituídas de elementos negativos, como o cansaço e a vida azarenta, observados pela sociedade devido a sua ineficácia em pescar qualquer peixe. Percebe-se que aqueles indivíduos que não acompanham o ritmo do trabalho são considerados pela comunidade seres incapazes de se manter ante as exigências econômicas que os permeiam.

Hemingway, como americano, concede ao narrador o poder de instaurar uma condição de desprezo, revelado pela visão da comunidade destacada na obra, acerca da inutilidade de Santiago como pescador e cidadão cubano.

Como o livro é oriundo de uma escrita americana, infere-se que há uma visão crítica da América perante os indivíduos de origem cubana, representados pelo velho pescador, como forma de condicioná-los a uma percepção da supremacia dos Estados Unidos, este como o poder político predominante daquele período.

Além disso, uma característica fundamental que revela a interferência do contexto norte-americano em Cuba está na própria escrita de *O velho e o mar*. No decorrer do texto, é possível perceber a existência de palavras em espanhol. Um exemplo é quando o narrador usa o termo *salao* e, logo em seguida, explica o seu significado ("azarado"). Nessa perspectiva, há um estabelecimento de limites entre a cultura americana e a cultura cubana, revelados pelas diferenças nos idiomas apresentados no texto. Essa postura narrativa em distinguir as línguas revela um fluxo de representações do contraste existente entre o predomínio da América do Norte e a cultura de Cuba, que se torna dependente da conjuntura do governo americano.

Há, portanto, um certo exotismo por parte da ficção ao desenvolver comentários explicativos associados ao idioma espanhol cubano. Isso, de fato, configura uma espécie de distanciamento do narrador com a cultura local, de modo que o predomínio da língua inglesa norte-americana enquanto parte construtiva do livro é um retrato da hegemonia ocupada pelos Estados Unidos com relação aos cidadãos cubanos. Isso se revela também nas formas de expressão do velho Santiago que, ao longo de sua trajetória no livro, desempenha a postura de sujeito bilíngue, ao trazer uma variação idiomática no uso de expressões em língua inglesa e espanhola concomitantemente.

Portanto, a observação de Hemingway acerca do cenário real de Cuba, da rotina do pescador e, posteriormente, o fato de trazer isso com uma linguagem precisa para as páginas do campo artístico literário revelam um mundo observado por uma perspectiva poética pessoal. Cada aspecto expressivo do livro — seja na representação dos personagens ou dos espaços retratados — materializa elementos que ultrapassam os limites da relação entre o homem e a natureza. Em *O velho e o mar*, Santiago assume uma postura de conhecedor da vida e da superfície do oceano, além de compreender a singularidade existente na natureza marítima mediante a sua percepção e integração com os seres que compõem esse espaço.

A prosa em *O velho e o mar* implica uma busca do ser humano pela harmonia e superação dos limites individuais. Mesmo diante das fraquezas oriundas de sua condição física e mental, Santiago demonstra ser um indivíduo interconectado com as formas naturais presentes em seu campo de atuação como pescador. À medida que a perspectiva da narrativa emerge no livro, a ideia de se pensar a obra como um simples relato de luta e perseguição de um homem grisalho ao peixe gigante se torna mais um elemento configurativo que representa toda a amplitude da afeição e transformação de Hemingway desde o menino que pesca em cais até a sua maturidade enquanto homem e pescador experiente.

Ferdinando de Oliveira é professor e pesquisador em literatura. Mestre e Doutorando em Literatura e Interculturalidade, com publicações acadêmicas relacionadas aos Estudos Literários, também atua na educação básica e no ensino superior nas áreas de ensino de línguas, pesquisa e leitura do texto literário.

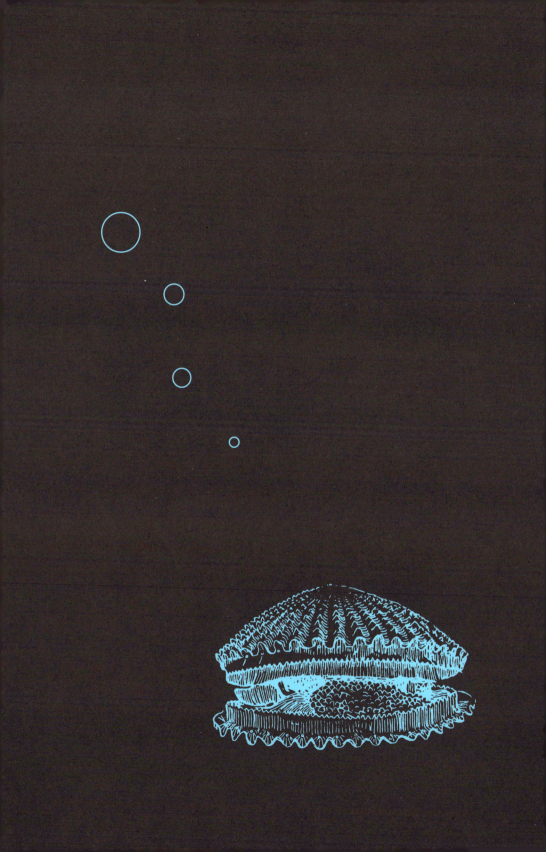

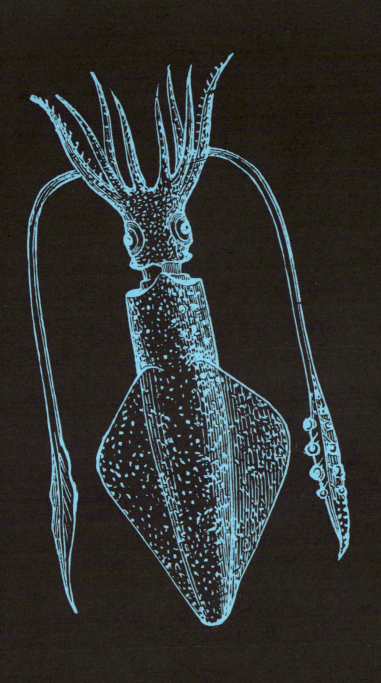

DO MESMO AUTOR:

Adeus às armas

A quinta-coluna

As ilhas da corrente

Contos (obra completa)

Contos – Volume 1

Contos – Volume 2

Contos – Volume 3

Do outro lado do rio, entre as árvores

Ernest Hemingway, repórter: Tempo de morrer

Ernest Hemingway, repórter: Tempo de viver

Morte ao entardecer

O Jardim do Éden

O velho e o mar

O verão perigoso

Paris é uma festa

Por quem os sinos dobram

Ter e não ter

Verdade ao amanhecer

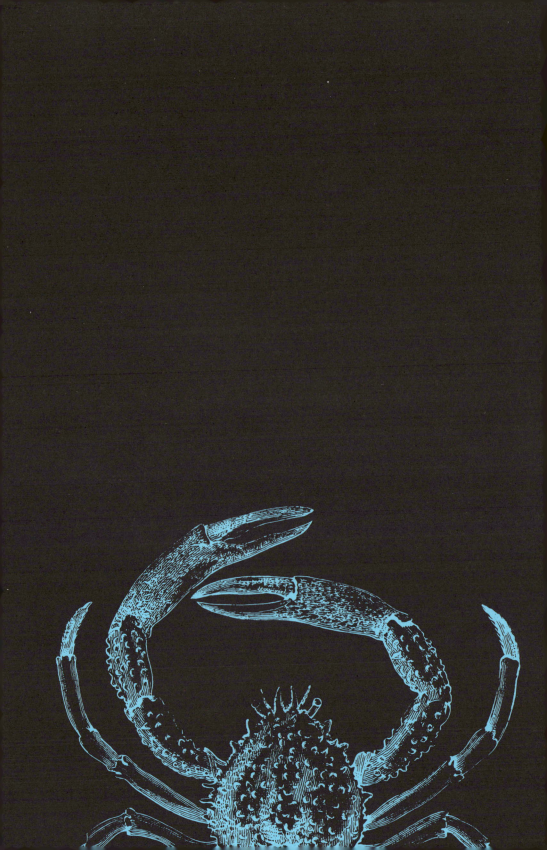

Este livro foi composto nas tipologias Adobe Caslon Pro,
Garlic Salt, ITC American Typewriter Std e Trixie, e
impresso em papel off-white 90g/m² na Gráfica Geográfica.

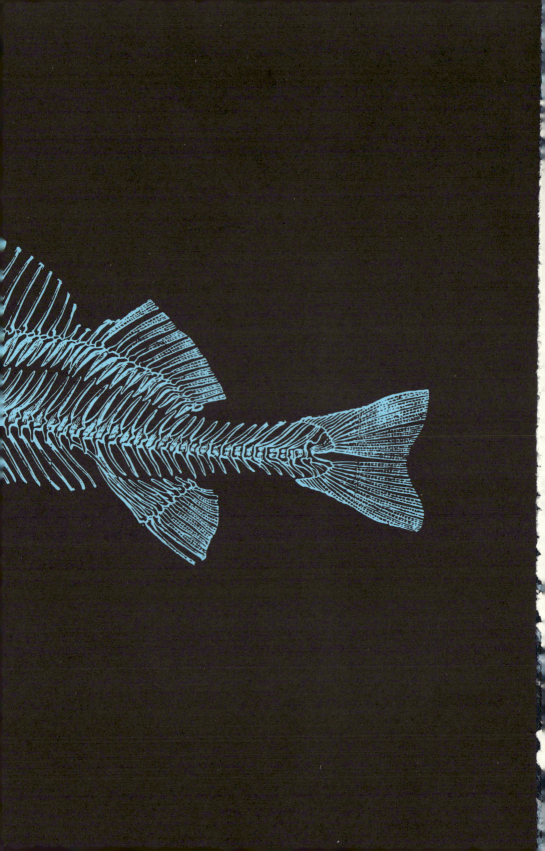